U0125983

国家出版基金项目
NATIONAL PUBLICATION FOUNDATION

国家出版基金资助项目

项目编号：2019I~157

"一带一路"大型系列丛书

总策划　戴佩丽
主　编　孙春光

毛玉山 ◎ 著

新疆是个好地方

西部情怀

中央民族大学出版社
China Minzu University Press

图书在版编目（CIP）数据

西部情怀 / 毛玉山著 . —北京：中央民族大学出版社，2019.12

（"一带一路"大型系列丛书 . 新疆是个好地方 . 第二辑）

ISBN 978-7-5660-1750-5

I . ①西… II . ①毛… III . ①报告文学－作品集－中国－当代 IV . ①I25

中国版本图书馆 CIP 数据核字（2019）第 235893 号

西部情怀

作　　者	毛玉山	
责任编辑	戴佩丽	
责任校对	杜星宇	
封面设计	舒刚卫	
出 版 者	中央民族大学出版社	
	北京市海淀区中关村南大街 27 号　　邮编：100081	
	电话：（010）68472815（发行部）　传真：（010）68933757（发行部）	
	（010）68932218（总编室）　　　　　（010）68932447（办公室）	
发 行 者	全国各地新华书店	
印 刷 厂	北京君升印刷有限公司	
开　　本	787×1092　1/16　印张：14.25	
字　　数	180 千字	
版　　次	2019 年 12 月第 1 版　2019 年 12 月第 1 次印刷	
书　　号	ISBN 978-7-5660-1750-5	
定　　价	88.00 元	

前　言

"一带一路"倡议中，新疆定位于丝绸之路经济带核心区，并以日益凸显的区位优势和辐射效应，与21世纪海上丝绸之路逐步衔接。

在第二次中央新疆工作座谈会上，习近平总书记强调，要在各族群众中牢固树立正确的祖国观、民族观，弘扬社会主义核心价值体系和社会主义核心价值观，增强各族群众对伟大祖国的认同、对中华民族的认同、对中华文化的认同、对中国特色社会主义道路的认同。近年来，在以习近平同志为核心的党中央坚强领导下，新疆文化事业得到长足发展，对经济社会发展的引领作用不断增强，特别是随着稳定红利持续释放，文化创新呈现快速增长。实践充分证明，以习近平同志为核心的党中央治疆方略高瞻远瞩、英明睿智，只要坚定不移地贯彻落实党中央治疆方略，新疆形势就能朝着全面稳定的方向发展、就能实现社会稳定和长治久安，新疆经济就一定能够贯彻好新发展理念、推动高质量的发展。

"一带一路"倡议的实施是新疆地区走向现代化、融入现代化潮流、发展现代文化的一次新机遇。在这一背景下，《一带一路大型文化系列丛书 —— 新疆是个好地方》出版项目正式推出，其目的就是要围绕中心、服务大局，弘扬主旋律，传播正能量，为推进新疆稳定发展提供了强有力的文化支撑。

　　丛书坚持党性与人民性相统一，不断增强中国特色社会主义道路自信、理论自信、制度自信、文化自信；坚持正确文化导向，团结、稳定、鼓劲，弘扬正能量；紧紧围绕社会稳定和长治久安总目标，使文学作品服务大局，形成文化艺术的强大合力。丛书作品内容注重创新意识、创新观念、创新内容、创新形式，切实提高文学作品的传播力、引导力、影响力和公信力；坚持"高举旗帜、引领导向、围绕中心、服务大局、团结人民、鼓舞士气，成风化人、凝心聚力、澄清谬误、明辨是非、联接中外、沟通世界"。

　　丛书的出版发行，将对发展新疆区域文化产生积极的正面效应。基于此，我们遴选了疆内的数十位知名作家，通过报告文学、散文、诗歌、小说等形式，从不同的角度反映新疆现代文化发展，展示各民族同胞践行社会主义核心价值观以及逐步形成的进步、文明、开放、包容、科学的理念，讴歌各民族同胞团结互助的精神风貌和浓厚氛围，进一步增强各民族同胞之间的认同感，更好地维护新疆地区的长久稳定和繁荣助一臂之力。丛书视角独特、文字量浩繁、信息量巨大，让新疆人民可以真正全面地知道自己，让疆外的读者可以全面地认知新疆，也让世界客观地了解新疆、了解中国。

　　丛书得到了中共中央宣传部新闻出版署、中共新疆维吾尔自治区党委宣传部审读处、国家出版基金的大力支持，使得这部丛书得以顺利出版。

编者

目 录

"一带一路"大型系列丛书
——新疆是个好地方

古牧地这片温暖的大地

2016年的冬季，天山脚下古牧地这片土地，似乎已变得不再寒冷。在空气中，在人流中，甚至在飞舞的飘雪中，处处都流动着一种温暖的气息。这是一种打开心扉探入心灵的气息，这是一种让人感动而温热的气息。

而让我们特别感到惊奇的是：在这片仅有3400多平方公里，总人口50.2万人（其中流动人口17.2万人）的土地上，却生活着汉、回、哈萨克、维吾尔、蒙古等32个民族，其中还包含来自全国20多个省份的人口，这在新疆乃至全国，都是一个最具特色的多民族、多省份人口聚居的地方。

这是一片有山有水、富饶美丽的土地，更是一片具有宽广胸怀的土地，她的包容性和融合性让无数无以为生的人们投入了她的怀抱，她不断地接纳着来自全疆、全国各地的各个民族、各个省份的人。而事实上，在她2000多年悠久的历史上，已经呈现出"丝绸之路文化汇聚、民族文化多元，融合形态多样"的特色。从古到今，历来如此。

我们将时间定格在2016年11月8日。这一天，米东区召开了"民族团结一家亲"活动动员大会，会议贯彻了自治区党委、乌鲁木齐市委关于"民族团结一家亲"活动动员会议精神，安排部署了米东区"民族团结一家亲"活动的各项工作任务。也就是从这一天开始，在米东的大地上，拉开了民族团结新一轮热潮的序幕。于是，"米东区结对认亲现场会""米东区民族团结故事会""米东区民族团结扶贫帮困活动""米东区各族群众包饺子过冬至活动""米东区200多名干部与认亲户迎新年活动""米东区民族团结运动会"以及各种各样的"民族团结家庭聚会活动""与认亲户走亲戚活动"等，五彩缤纷的民族团结活动层出不穷、繁花似锦。人们欢歌笑语，热情洋溢。寒冷的冬季不再漫长，欢乐的时光随处呈现，那种动人、动心、动情的场面在人们的心中荡漾；那种温暖、温情、温热的气息在空气中流淌，米东的天变得格外蓝，米东的阳光也格外灿烂，米东的每一天都是新的一天。于是，在米东这片大地上，每天都在发生着一些温馨的、感人的民族团结故事。

在古牧地这片肥沃的土地上，不仅盛产肥壮的牛羊、飘香的稻谷，更盛产各民族的友爱情长。那些可亲可爱可敬的民族团结故事，就像草原上的野花一样随处开放，像山间的小溪一样随处流淌，现在，就让笔者随手采几束花来请读者们欣赏。

第一束花：民族团结的带头人

现在我要讲的是几个"村官"的故事，他们不仅是村里的致富带头人，更是民族团结带头人。他们原本不是"村官"，只因他们为村里做的好事太多了，为民族团结做的事情太多了，受到了村民们衷心的拥戴，一心一意把他们选成了"村官"。他们有能力做好事，他们更愿意为村民做好事，无论是过去的村民还是现在的"村官"，他们一直都在为村民做好事，他们是真正的人民公仆。他们中有汉族、有回族，还有哈萨克族……

柳树庄的村支书高建明

柳树庄村有汉族、维吾尔族、哈萨克族、回族四个民族，高建明是村党支部书记。他不但是村干部，还是个种地能手，是柳树庄村的致富带头人。在他走上致富道路的同时，他一直在竭尽全力地帮助那些需要帮助的贫困家庭。他的结亲对象是维吾尔族村民亚森·艾太木，其实帮助亚森·艾太木从2000年前就开始了。亚森的家庭一直很困难，最早他帮亚森花1000多元买了一匹马，给人家磨地挣钱。2005年，当时亚森·艾太木家里烧的还是煤炭炉子，没注意把地上铺的地板革烧着了，结果把整个房子都烧光了，当时没房子住，高建明就给他找了间房子临时居住，到了春天，高建明就找到民政部门给他补助了2万元，又找到种地大户胡德立给他赞助了2万元，终于帮他把房子盖起来了，一家人高高兴兴地住进了新房子。

亚森·艾太木有驾照，2016年开春，他想出去打工给人开车挣钱，但他家里还有一个80多岁的母亲和三个孩子，还有几亩地也无人耕种。考虑到他家的实际情况，根本不适合外出。高建明就做他的思想工作，为了让他踏踏实实地留在家里，高建明就把自己的60亩水稻地给他耕种，其实那60亩地也是他从一个种地大户手里以每亩500元的租金转包的。为了让他好好种地，能有更好的收入，经他和那个种地大户协商，免去了3万元地租。等于是免费给他种植。种地的时候，高建明将种子提前给他买好，种地没有钱，又帮他从农村信用社贷了5万元现金，平时有什么困难就及时帮助。在高建明的精心关照和帮助下，2016年，亚森·艾太木抛去一切成本，净赚利润75000元，从此，亚森·艾太木信心十足，决心留在家里，一心一意把那60亩地种好。

他帮助维吾尔族村民玛丽·克里木一家是从2007年就开始的。玛丽·克里木不会种地，家庭极其困难，其间她开饭馆缺乏资金，高建明帮她两次花了近4000元，后来她的饭馆生意好起来了，为了报答组织对她的关怀，她积极要求进步，2008年向村党支部递交了入党申请书，2011年成为中国共产党正式党员，成为柳树庄村唯一的维吾尔族女党员，并于当年成为米东区人大代表。入党后的玛丽·克里木思想觉悟有了很大的提高，村里各项工作都积极参与，成为村里开展各项工作的骨干力量。

村民吴尚礼家庭贫困，想养一头奶牛，高建明帮助他借了8500元，买了一头西蒙塔尔品种奶牛。俗话说"母牛下母牛，三年五头牛"，这样就渐渐走上了富裕之路。2013年他想买铲车，高建明又借他15000元，又找了个种地老板帮他借了15000元，终于让他的日子渐渐好起来。

阿不力·阿正德父亲病重，家庭很困难，每年种地的时候，犁地、插秧、磨地、拉稻子等全都是高建明无偿帮忙，从1999年到现在一直如此。

他不但帮村民，还帮村里。2016年，驻村工作队帮助村里解决村民种水稻机井抽水电费高的问题，给村里实施了"一变一井"项目，在实施过程中，由于资金不到位，25万的资金只到位15万，再加上需要预付2.5万元电费，整个有12.5万元的差额，为了让村民们及时得到供电，高建明自己垫付了12.5万元，这笔款项至今还未归还。

因高建明在家里排行老二，在柳树庄村人们对他有个习惯的称呼，就是不管是哪个民族，只要比他年龄小的都管他叫"二哥"。不要说在平日里，就是在开会的会场上，那些维吾尔族或哈萨克族村民要和高建明说话，首先都是"二哥，我有个问题想问……""二哥，我有个事情给你说一哈（西北话：说一下）……"他们的表情、语气是那么自然，如果是出自汉族或回族村民的嘴里也不觉得怎样，但出自他们的嘴里就觉得格外亲切，就让人由衷地感到：这里真是"民族团结一家亲"啊！

哈萨克族村主任五尔肯·俄米什

2017年2月7日，在米东区党委宣传部副部长、文联主席、古牧地村驻村干部方惠民和米东区作协主席段蓉萍的带领下，我们一行三人采访了哈萨克族本土著名爱心人士五尔肯·俄米什。

时年45岁的五尔肯·俄米什，是2016年被柏杨河乡独山子村村民选为村主任的。大家选他当村主任就是为了给村民做好事，办实事，而实际上无论他当不当村主任一直都在为村民做好事。从2008年的近10年来，他不仅在独山子村，在柏杨河乡，在整个米东区，以及在外地的许多单位和个人，他资助的贫困户、贫困学生、待业青年等成千上万，数都数不清。截至2016年底，他资助的总金额已高达1200多万元，在这几百个捐助项目中，每一项都有原始记载和单位证明，清晰地记录着他的大爱人生。

五尔肯·俄米什有着很强的商业智慧，在2000年的时候就在路边开起了"牧家乐"和商店，走上了勤劳致富之路。三年后，他又在那里盖起了15间800平方米的房子，建起了一个很有档次的度假村，以他自己的名字命名为"五尔肯牧家乐"，专营具有哈萨克民族风味的"冰碴子""手抓肉""手抓饭"等一系列牧家特色饭菜，生意越做越火。到了2007年8月，他又买了铲车，在甘泉堡开了一家砂石料厂，2013年3月，他以800万元的注册资金成立了"新疆阿山兴牧农民专业合作社"，生意也越做越大，他可以说是餐饮业、商业、牧业、建筑业全面发展。

但是，对于五尔肯来说，他挣钱不是为了聚集财富，不是为了个人享受，他的真正目的就是帮助那些需要帮助的人。由于他捐助的项目和受助的人太多，限于篇幅，不能一一讲述，我们只能从中摘取几个典型的事例。

从2008年开始，他一边挣钱一边就开始了社会捐助。2008—2015年的7年间，他给独山子村修路、清扫积雪的费用支出就高达71.4万元；给柏杨河乡的6个村的贫困户捐助煤炭157车，价值23万余元；给柏杨河乡六个村的贫困户捐助面粉1875袋，大米750袋，清油240桶，总价值28万余元；为34户贫困户盖房子资助高达154万元，其中独山子村24户，130余万元，外村10户，23万余元；并在2012—2013年，支出31.75万元为本村的6名无业青年购买了6辆车，让他们跑运输挣钱。为雅安捐款2万元，在博乐温泉举行的"全国扶贫日"上捐款10万元，总计高达157万元；在2008—2015年的7年间，他为米东区及外地学校捐款资助达到21所，其中受助的贫困学生，大学生等多达千余名，总价值高达200余万元。

2016年，在他当村主任以后，他为村里修路及为20个困难家庭拉炭共计支出16万余元。

在采访五尔肯的时候，我们看到了一个手工绣制非常精美的"八骏图"，我们感到非常珍贵，就问他这个东西是从哪里来的，他告诉我们是他曾经资助过的一个叫彭雪莹的大学生，现在大学毕业已经工作了，为了感恩，表达对他的感激之情，经过三年的手工绣制而成送给他的。他告诉我们，彭雪莹其实是他资助过上千个学生中的一个，他和彭雪莹的认识是极其偶然的。2012年，他当时在一个饭馆里吃饭，当时彭雪莹考上大学后，为筹集学费，刚好也在这个饭馆里打工，经过交谈，他们认识了，当知道她家庭困难正在筹集学费后，五尔肯当场答应愿意资助她大学期间的费用。在此后的四年里，五尔肯一直资助她，直到她顺利完成学业。其间，笔者还和彭雪莹通了电话，在电话中，彭雪莹告诉笔者，她非常感谢五尔肯大哥多年来对她的资助，但不知道怎么表达对他的感激之情，想着他们哈萨克族是马背上的民族，就送了他这幅寓意深刻的"八骏图"。她还深有感触地说，"一份善心，改变了一个人的人生，我就是一个鲜明的例子"。

五尔肯2016年经网络评选被评为"最美新疆人"，在他办公室四周的墙上挂满了各式各样的锦旗，在他的文件柜里也放满了各种奖牌和奖杯。其实他现在的经济情况并不是太好，他并不像那些真正的千万、亿万富翁那样有钱，他手里的钱全都捐出去了。但是他很乐观，他说："我还要想办法挣钱，挣了钱继续捐。"

他属于那种高尚无私，以帮助别人为最大快乐的人。他的这种宽广、博大的仁爱之心，让我们深受感动。他的1000多万元资金帮助了无数个各民族的同胞，我们也为在米东的土地养育出这样的慈善家，这样的民族团结带头人而深感骄傲。

羊毛工村的回族村主任周成全

周成全的经名叫"尔利"，这相当于汉族人小时候起的小名，但汉族人一长大小名就不叫了，而周成全的经名却是越叫越响，以至于他的大名都很少有人叫了。在米东区，如果你问周成全可能有很多人不知道，但你要问周尔利，却是无人不知，无人不晓，就连他打造的新疆无公害牛羊肉的注册商标都叫周尔利，"周尔利"已经不仅是他的名字，更代表一种知名品牌，是"新疆老龙河牛羊育肥农民专业合作社"的一张名片。为了叙述方便，后面我们就简称它为"合作社"。

周成全是羊毛工镇羊毛工村的村主任，他是因为一直积极帮扶贫困村民家庭，解决残疾人就业，带领各族村民走上致富之路，在2016年9月，被全体村民一致推选为村主任的。他之所以能为村民办那么多的好事、实事，那是因为有他创办的"合作社"做坚强后盾。可别小看这个感觉不怎么样的"合作社"，它可是有着近7000万元资产，年销售一万多头（只）牛羊肉，年销售额一亿多元，年纯利润300多万元的优质牛羊肉供应基地。

说起周成全的人生经历都有些让人心酸。1980年父亲去世时他仅有6岁，而母亲又是个残疾人，撇下5个少不更事的孩子，不知道这一家人该怎样活下去。那时候周成全看见母亲天天都在哭泣，她是哭她自己由于身体残疾，不能担负起养育儿女的责任，她是哭泣5个都不顶事的孩子，往后的日子该怎么过……那时候他们家天天吃的都是"三合面"，即便政府救济一点白面，他们也是拿去换了苞谷面，里面还要掺杂各种野菜混合着吃，即便如此还是经常填不饱肚子，穿的衣服经常是一些别人捐的旧衣服，左邻右舍，还有村里能帮的都帮点。大哥从15岁起就担当起父亲的责任，开始种地，养活一家老小。大哥人穷志不短，从他开始养家，他就宣布再不要任何人的帮助，从此，家里的境遇也渐渐地有了起色。

谈起周成全的创业经历却是极其简单的，因为从他踏入社会的那一天起，在此后近30年的时间里，他一直从事牛羊的养殖和牛羊肉的销售工作。1990年，16岁的他因家庭困难辍学在家，靠赊欠他们家有了第一头母牛，1991年，他靠大牛下小牛，连卖带换，他有了7只羊，正好那一年大哥结婚成家自立门户，此后，他一边养羊一边和二哥种地。1994年，不甘于现状的他，根据农业科技致富书籍的指导，他买了四口大缸生制豆芽，一公斤黄豆竟生出8公斤豆芽，他就开始在市场上自产自销，虽然生意不错，但毕竟是小本生意，没有多大利润。在这当中，他看不惯市场上卖牛羊肉的欺行霸市的垄断行为，每公斤竟比米泉卖得还要贵3—4元，于是他开始涉足牛羊肉买卖和销售，尽管他比别人卖得便宜，但利润还是很可观，此后便一直从事这个行业。为了更好地扩大经营，他让二哥也参与这项经营中，二哥专门负责牛羊的收购、育肥，他专门负责牛羊的宰杀和销售，尽管二哥于1998年结婚成家，但兄弟两人的精诚合作仍在继续，一直延续到现在。2001年，他又在自家的院子里建起了370平方米的圈舍，这为他们事业的发展奠定了有力基础，从此，他们每年的利润都在15万元以上。2005年，周成全彻底甩掉了土地，将家里的16亩① 地给了大姐耕种，一心一意地专门从事自己的事业，从那以后他们的生意更是如日中天，每年的销售数量都在3000头（只）以上，每年的利润也达到30万元以上。

2009年是他事业的分水岭，他在租赁期50年，占地50亩的土地上盖起了12栋羊舍和2栋牛舍，年存栏羊达到5.8万只，牛8000头。生产母羊1600只，年产羊羔3400只。从传统的养殖技术转变为高床养殖技术模式的科学化养殖，成为全疆唯一一家示范点。并于当年5月正式注册

---

① 1亩约为666.67平方米。

成立了"新疆老龙河牛羊育肥农民专业合作社"，在这个合作社里，他吸收了本村各民族社员股东45名，现在该基地的总资产已达到1830万元，年销售额一亿多元，年纯利润300多万元，他等于是带领本村一批各族村民走上了共同富裕的道路。

走上富裕之路的周成全并没有忘记回馈社会，没有忘记养育他成长的这片土地。近10年来，他一直在竭力地帮助家乡的各族贫困家庭。也许因为母亲是残疾人，他对残疾人更是特别关爱，在他成立合作社之初，就起用了9名残疾人家庭成员就业，以解决他们的家庭困难。不仅如此，他与36名各族残疾人签订了帮扶协议，给残疾人发放肉毛兼用新品种待孕母羊120只，累计资金18万元。在收购成品羊时以高于市场价进行收购，供应饲料时以低于市场价进行供应，以此方法为他们增加家庭收入，让他们更快地脱贫致富。

他还利用不同形式针对受助对象进行各种帮扶：2014年，米东区红十字会号召资助一名贫困大学生，他二话没说积极响应，全部承包了该名学生大学期间的全部费用，每年8000元，四年共计32000元，现在已进行了两年；他给土梁村的一户维吾尔族困难家庭送去了7只羊；给三道坝村一户贫困户送去了2只羊；给高家户村一户贫困户送了2000元现金；对本村全身瘫痪的70岁维吾尔族老人经常探望，每次300、500元地经常资助，给他拉冬炭，还有马存瑞、石长安等，他资助的人很多；甚至还有他作为一个回族帮助汉族救猪，挽回猪场40万元经济损失的故事……

现在，他又拥有了一个占地857亩的养殖基地，27个标准化棚圈已修建完毕。在这个新的基地上，他已投入2600多万元资金，仅地租一项就支出1012万元，按照市值，这个基地价值已达6000万元。他目光远大，起点更高，正在朝着新的目标迈进。他通过自身的努力，不断地改变着全村人的命运，相信在未来的日子里，他将让更多的各族百姓受益，为米东区的民族团结和繁荣稳定做出更多的贡献。

古牧地村回族村主任兰志发

古牧地村回族村主任兰志发也是因为经常为村民们无偿做好事，2016年被村民选为村主任的。他自己家里有挖掘机、装载机、铲雪铲等大型机械，他的这些设备不仅是他经营的工具，也成了他为村里，为各族村民免费服务的工具。从他购置这些机械设备的十多年里，村里无论谁、也无论哪个民族家里盖房子，他都是免费帮助挖地基，曾经有一次在挖地基时因机械事故造成20多万元的损失，但他还是无怨无悔地帮大家挖地基。他不但免费给村民们挖地基，还免费承包了村里村外所有道路积雪的清扫工作。清扫积雪是一项极其复杂而繁重的工作，每次不仅要把连接两个村的所有道路清扫出来，还要清扫每个蔬菜大棚之间的道路，所有的路程算下来要近50公里，每次清扫这些积雪都要2—3天，不算人工，光是油费都要2000多元，一冬天一般都要下3—4场雪，每年冬季的清雪费用就要一万多元。不仅如此，原来古牧地村一队到涝坝沟近两公里的路是单向道，非常难走，经常是迎面来的两辆车都错不开，一般都是一辆车先找一个稍宽的位置停下，等对面的车过去了再走，给村民们的出行带来极大的不便。为了彻底解决这一"行路难"的问题，兰志发自费把这一段路修成了双车道，为了加宽路面，他的装载机光是戈壁料就拉了700多车，加上修路的其他各项费用，为修这段路他总共花了16万多元。这些年，他为村里修桥补路、清雪、挖地基、机械损失等，他个人就资助了50多万元。同时，他还经常资助哈萨克族贫困家庭，仅在近期内他就资助了三个哈萨克族贫困家庭，一家资助了3000元，一家资助了2000元，还有一家孩子在内地上大学，他资助了1000多元的机票，他的两个认亲户也是哈萨克族家庭，他经常去看望他的两家亲戚，每次去都要带上米、面、清油等。

王秀芳的"花儿小院"

王秀芳虽然不是"村官"，但她绝对也是个民族团结带头人。说起她的"花儿小院"，那实际上就是个名副其实的"民族团结小院"，因为来这里学"花儿"的孩子们不仅有汉族、回族，还有维吾尔族、哈萨克族，甚至还有蒙古族；不仅孩子们如此，来她这里唱歌、排练的大人们也是如此，各民族的都有。王秀芳的"花儿小院"不仅成了非物质文化遗产"新疆花儿"的传承基地，也成了各族村民娱乐休闲、陶冶情操、欢乐聚会的好去处。

时年53岁的王秀芳，是长山子镇马场湖村的村民，是"新疆花儿"自治区级代表性传承人，是国家级非物质文化遗产项目，"新疆花儿"国家级代表性传承人韩生元老人唯一的一位汉族女弟子。

说起她与韩老的师徒情谊，那还是在1996年长山子镇庆"七一"文艺汇演上，由她领唱合唱歌曲《我的祖国》，那清亮的嗓音立即就吸引了在场的韩老，等见到王秀芳后韩老让王秀芳跟他学唱花儿，双目失明的韩老还由孙子搀扶着，提着一个录音机来到了王秀芳家，把录好了自己唱的花儿歌曲的录音带送给了她，让她慢慢学。就在那年冬天，在村支书、妇联主任的带领下，她买了四色礼，正式拜韩老为师。此后经过了8

年的学习，她有了很大的进步，积累了很多的经验，不仅能够熟练地演唱师父教给她的歌曲，而且还能自己编曲演唱，并荣获国家文化部评选的"第九届中国西部民（花儿）歌会"银奖。

她永远都忘不了2011年1月1日这一天，她的恩师韩生元老人与世长辞了，在临别的那一刻，老人还不忘嘱咐她一定要把"花儿"传承下去，在师父临终之际，她含泪向师父做了保证。

作为自治区级的传承人，她认为，要保护传承好"新疆花儿"，必须从娃娃抓起，这样才能后继有人。在2012年，马场湖村邀请她在庆祝"三八"妇女节活动中唱首花儿，唱完后她就在会场上宣布："谁家的孩子愿意跟着我学花儿，我就给孩子每个月发50元的生活补助。"开始一个月了才来了三个孩子，后来不断增多，有了十几个，到2014年时，已经达到了42个孩子。作为自治区级的传承人，每月仅享受400元的补贴，这42个孩子一月下来，她每月要发给他们2100元的生活补助。到了年终时，她邀请家长和孩子们一起座谈，还给每个孩子都送了书包和学习用品。家长们深受感动，大家都纷纷说："你也是种地的农民，又没有多少收入，你免费教也就算了，还给孩子们补助，这谁受得了，至于补助的事情，我们看就算了。"当家长们都提出不要再给孩子发放生活补助时，她非常感激。而实际上，她为孩子们做的还远远不止这些，她收的这些孩子一共来自8个村，每天上学，有些是家长亲自接送的，还有许多都是她花钱雇微型车或出租车接送的，她仅在这些孩子们的身上就花了2万多元的费用。

说实在的，作为一个农民，因为义务教孩子们"花儿"，她顾不上家里，已经让家庭受了很大损失，她老公为了弥补家庭收入，在外地打工挣钱，好不容易把挣的钱打到她的卡里，结果都让他给孩子们发了补助，丈夫成了她的坚强后盾。可以说，为了"新疆花儿"，她是豁出去了，似乎什么都可以没有，但是不能没有"花儿"。

2013年6月，在米东区政府的关怀和支持下，她在马场湖村自家的院子里创办了新疆首个"花儿小院"，有100多名成人"花儿"爱好者经常在她的小院里进行学唱、演练；同时，她又被乌鲁木齐市105中学、109小学、米东区红梅花开艺术学校聘为校外辅导老师，从此，"新疆花儿"走进了校园。到目前为止，"花儿小院"及学校共有汉、回、维吾尔、哈萨克、蒙古等各民族学员300多人。在做好新疆花儿传承的同时，王秀芳也为"民族团结一家亲"贡献了自己的力量。

第二束花：汉族帮助少数民族的故事

杨继凯和米吉提 18 年兄弟情深

在大美米东，有一对相处18年的兄弟，他们来自两个不同的民族，曾经素不相识。如今他们两家住在一个院子内，互帮互助，亲如兄弟。他们就是家住米东区芦草沟乡金戈壁社区的杨继凯和米吉提·托乎提。

有一栋自建房的杨继凯是房东，来自异乡的米吉提·托乎提是租客，2016年古尔邦节和中秋节期间，两家人像往常一样串门，在一起吃团圆饭。米吉提比杨继凯小一岁，自然是弟弟。平时遇到了高兴事、烦恼事，都会找到这位哥哥来说说。在过去的18年里，两家人和睦相处，生活在一个屋檐下。在这18年里，杨继凯这个哥哥从未收取过弟弟一分钱房租。"他对我的好，我一辈子都忘不了。"米吉提拍着自己的心口对笔者说。

1991年，23岁的米吉提·托乎提婚后育有一子一女，他从库车县独自一人来到乌鲁木齐打工，不久，米吉提的妻子与他离婚，丢下两个孩子不知去向。1998年，身无分文的米吉提带着两个孩子找到杨继凯，成为杨继凯家的租客，没有一技之长的米吉提靠回收二手家电挣点小钱维持生活。

当时米吉提租住的是30平方米的房间，月租100元钱。看到米吉提又当爸又当妈的，日子过得挺艰难，杨继凯就与妻子商量，能帮一把就帮一把，反正房租也没多少钱，结果从1998年至今从没收他的房租。不但如此，他还经常给米吉提家送米、送面、送肉。杨继凯把米吉提当成了一家人。18年间，连同房租和平时的资助，杨继凯资助米吉提至少有5万元。

他不但在经济上经常帮助他，还像亲哥哥一样管着他的家事。米吉提的儿子艾尔肯·米吉提初中毕业后没有工作，杨继凯替他操心，在他的帮助下，终于在炼油厂找到了工作。米吉提有什么不对的地方，他这个当哥哥的也毫不客气地进行训斥。米吉提的小女儿阿依努尔·米吉提也到了上高中的年纪，米吉提想让女儿辍学在家，给他们父子俩做饭、洗衣、操持家务，再过几年找个人嫁了。他这个想法让杨继凯大为恼火，当时，阿依努尔知道不能再继续上学时，躲在后院里哭，杨继凯听到哭声，得知情况后，他立即将米吉提训斥一顿，他说："孩子想上学，你为什么不让上？你一辈子没有文化，什么都干不了，不就是吃了没文化的亏吗？孩子想上学这是好事情嘛，我们就应该支持，能上到什么程度，我们就应该支持到什么程度，没有学费，我们来给。"听到杨继凯真诚的话语，米吉提和阿依努尔抱在一起哭成泪人。不知米吉提是被训哭了，还是和女儿一样被感动得哭了。

在杨继凯的支持下，2016年夏天阿依努尔高中毕业后，顺利考到了昌吉职业技术学院电气化专业。临行前，杨继凯又偷偷塞给阿依努尔1500元钱作为她的生活费，杨继凯安慰孩子说，"你在学校好好学习，长大后一定会有出息的，学费不够了我来帮你出。"

杨继凯对笔者说："我就想让米吉提的日子好起来，希望爱学习的孩子都能完成自己的学业，将来的日子能比他们的父亲过得好一些。"杨继凯的愿望就是这么质朴和简单……

热心老人周长银

他叫周长银，时年74岁，是米东区长山子镇土梁村的一位普通村民。他的身份和外表看似普通，但他做的事情却不普通，提起他来，村民们无不敬佩之至、赞不绝口；他的善举和佳话在这里家喻户晓，争相传颂，广为流传。

周长银虽不是什么官，可是不论村民大小事他都去管，而且人们出于对他的尊敬，他在村里是很有威望和号召力的。2012年4月底的一场春雨，催绿了庄户人家的小麦，却给土梁村低保户毛拉·牙生一家带来灾难，住了40多年的3间土坯房，有2间裂了几米长、比手指头还宽的缝，已成危房，不能住人，全家人挤在唯一一间稍好的房子里。

53岁的维吾尔族毛拉·牙生，家庭颇为不幸：45岁的妻子有智力障碍，说话干活总不利索，21岁的女儿和18岁的儿子也受到遗传。毛拉·牙生纵然全力操持家里的20亩地，还是入不敷出，尽管有"低保"的照顾，这一家人的日子还是过得紧巴巴。裂缝的房子不安全，是这个家庭当时面临的最大难题。

　　6月，没有一毛钱积蓄的毛拉·牙生，一咬牙动手扒掉了2间老房，开始了自己的盖房计划。7月6日，周长银路过看到他们在工地上搭了个塑料棚，只有毛拉一家四口人在干。一问才知道，他家的房子造价最少要12万元以上，他手里又没有一分钱，没有一个包工队愿意给他干，他只好自己干，而这样的干法是根本不可能把房子建起来的。看到这样的情况，周长银马上向现村主任郭军做了汇报。当天晚上，村主任和几个人商议后简单地糊了3只募捐用的纸箱，分头到全村各家各户进行募捐。第二天下午，全村共有157人捐款，募到4200元钱，当时就送到了毛拉·牙生手中，毛拉很受感动。7月8日，毛拉来到了周长银家，向周长银说了一堆感谢的话。周长银说，"你要谢就谢全村的老百姓，是他们给你捐的款。但这点钱对建房来说仍是远远不够的，还差得太远"。看到牙生·毛拉很失望，周长银老人坚决地说，"我们不能看着你们一家没房子住，我们大家齐心协力，一定要把你们家的房子盖起来"。那时候，周长银感觉到，给毛拉一家盖新房已经成了他的一种责任和使命。看到周长银老人的决心，又让毛拉看到了新的希望。

　　为了能给毛拉盖房筹集到更多的人力物力，周长银采取了双管齐下的办法。第一步还是以在村里动员为主，7月9日，他以牙生的名义，写了一封对全村村民表示敬谢之意的感谢信，用大红纸贴在了村委办公室的墙上。这封感谢信对全村震动很大，它收到了三个意外的效果：一是村委会对全村村民做了全面动员，村民们纷纷表示，他们虽再无力出钱，但他们可以出人出力，这样就把牙生盖房的劳力问题解决了；二是本村的吕三龙包工队不用出工，只出两名技术人员看着施工就可以了；三是又激起一批新的捐款热潮，本村在外地做生意的张志江赶回来捐出1000元；在外地的马德文要家人捐了2000元，8月10日，他又专门赶回村再捐500元；村主任郭军两次捐款2000元，吴金付500元，派出所所长1500元等，村民马自强自家也在盖房，用钱很紧张，捐不了现金，他就给毛拉送来一推车板材；村里暑假回家的大学生马飞和塔叶尔约好为毛拉叔叔建房出力，递砖块、推手推车当了2天小工……

周长银的第二步是他以毛拉的名义给镇上打了报告，让毛拉的儿子拉他到镇上，他亲自找了镇党委梁江平书记以及有关部门，如残联、政协、妇联等，让有关部门和领导解决牙生一家盖房的实际困难。同时，他还和管宣传的马兰和乌鲁木齐晚报、晨报新疆电视台、米东电视台等媒体进行了联系，并约定在7月15日全村村民义务为牙生盖房这一天进行现场报道。

7月15日这一天为牙生的房子打地基，全村无论是汉族、回族，还是维吾尔族、哈萨克族，都义务来给牙生盖房子，那天来现场干活的有30多人，就连村里年纪最长、已经94岁的张福才也拄着拐杖来到了现场。毛拉·牙生激动地说，全村老少齐心协力为他盖房子的场面，让他一辈子都不能忘记。每当想起那一刻，他的眼泪就流下来了。房子从7月15日打地基到28日封顶，周长银每天都要去现场查看，并免费为工地送水、送茶，他的"亲戚"吴金付在自己家里炸好油香，往工地上免费送油香、水果等。

7月16—17日，各个媒体都做出了现场报道，这对整个米东区都产生了极大影响。镇党委、镇政府积极响应，他们从办公经费中拨出1万元现金用于毛拉·牙生建房，又提供了2万元的建筑材料，米东区残联也给予了牙生25000元的资助，加上各方面的捐款，资助总额达到75000元以上，而全村出动的人力价值也在55000元以上，这样牙生房子的总投入在13万元，已经超过了当初预算的12万元。而且这期间还有一名不知姓名的捐助者，给他拉了一车价值一万多元的新家具，他把家具卸下后一声不响地走了，直到现在也不知道这位捐助者是谁。

新房从7月15日开始，在政府和全村村民及社会各界的帮助下，仅仅不到半个月就盖好了，站在新房面前，毛拉·牙生拍着正对大门的墙壁说："我一定要跟周长银和所有支持我的人合个影，把照片放大挂在这面最大的墙上。"可以说，毛拉·牙生的新房能盖起来，周长银老人起到了至关重要的作用。

周长银热心帮助村民的故事很多：比如他出资20000元帮助吴金付购买二手桑塔纳轿车的故事，他为回族村民马生才垫付了一大笔医疗费，并没日没夜地照料他的事迹；比如他多次找乡政府，受到政府的重视，成功帮助72岁回族孤寡老人李桂兰办理了低保和五保户，从此让李桂兰安度晚年的故事；还有为争水事件，他教育汉族村民要注意民族团结，让维吾尔族群众优先，成功调解民族之间发生浇水冲突的故事；还有他帮助失足回族青年冶彦军还欠款，最终在他的帮助和鼓励下，冶彦军走出阴影，重新步入致富之路的故事等。周长银一生无偿帮助少数民族村民的故事太多太多，就像维吾尔族村民毛拉·牙生说的那样，"周长银大哥嘛，给我们村做的好事太多了，就是把我两只手的手指头全部用上嘛，我们都数不过来……"

热心民警徐新建

2000年，徐新建以团级军官的身份转业后，成为卡子湾派出所的一名普通民警。作为一名基层派出所的民警，虽然每天面对的都是家长里短、普普通通、平平淡淡的工作，但这丝毫没有改变过他对公安工作的执着和热爱。

说起徐新建警官,他十三年如一日帮助维吾尔族男孩凯撒尔的事迹无人不知,无人不晓。2000年,刚到卡子湾派出所工作的徐新建,在皮革厂家属院巡逻时发现了一个奇怪的维吾尔族小男孩:这个四岁孩子的身上脏兮兮的,非常调皮,还经常偷东西吃。经过了解,徐新建得知,这个孩子名叫凯撒尔,父亲下岗失业后得了精神病,经常酗酒,离异的母亲也不知去向。凯撒尔自小无人看管,成了皮革厂家属院里有名的"坏小孩"。徐新建对这不幸的家庭起了怜悯之心,从那时起,他就不断地帮助着这个维吾尔族孩子。巡逻时见到凯撒尔,会顺便给他几块钱零花;天冷了,他会给凯撒尔买棉衣棉裤;不断叮嘱凯撒尔不要调皮,不准偷东西……日子一长,凯撒尔也经常到派出所找徐新建,一直亲切地叫他"徐新建爸爸"。2003年,凯撒尔到了上学的年龄,依靠低保怎么能上得起学呢?徐新建一方面积极与就近学校联系,争取到了免除一切学杂费的机会;另一方面又自己掏钱为他购买了学习用具,就这样,在"徐新建爸爸"帮助下的小凯撒尔走进了明亮的教室,圆了上学的梦。然而不幸的事情又发生了,2004年凯撒尔被一盗窃团伙拐骗到了重庆,后被当地警方解救送回乌鲁木齐,为了寻找凯撒尔,徐新建心急如焚,得到了这个消息,他第一时间赶到收容所,当他看到衣着单薄的凯撒尔时,立即冲上前去把凯撒尔紧紧地抱在怀里。从那以后,徐新建完全承担起了凯撒尔的吃、穿等费用,经常为凯撒尔购买新衣服,清理个人卫生,使凯撒尔衣食无忧,后来又经过他多方联系、求助、协调和不懈的努力,乌鲁木齐SOS儿童村收养了凯撒尔,现在他和该村其他学龄孩子一样在附近的学校就读,享受着快乐的生活,徐新建爸爸执着的关爱也激励着凯撒尔以百倍的信心去努力学习。如今,十七岁的凯撒尔已长成帅气的小伙儿，他时常过来看看自己的"徐新建爸爸"。目睹这一切，他的亲生爸爸吐尔逊激动地流下了眼泪。

当有人问他为什么这样做时，他平静地说："搞好民族团结，靠的是党的政策，也要靠我们这些基层党员干部与民族兄弟广泛的沟通和关心，照顾他们，把党的温暖送给他们。"可见这位军转干部的普通民警，他的思想境界是多么深远，在我们那些广大的基层里，多么需要这样的好民警、好党员啊！

像这样汉族帮助少数民族的故事太多太多，如疾控中心党办主任赵琼同志，十四年如一日地无私帮助维吾尔族盲人玉素甫的故事；敬老院院长袁海旺为了照顾双目失明、情绪极不稳定的肉孜·尼亚孜，把他的哥哥木汗买·尼亚孜也接来并免费供养，陪伴弟弟，开导弟弟，让他弟弟度过最后的快乐时光的故事；羊毛工村党支部书记法成忠帮助维吾尔族村民艾姆孜花2600元治病，帮助维吾尔族村民阿拉木汗申请了抗震安居福利房，带领全村28名年轻党员帮阿拉木汗盖房子，帮她省去了近万元工钱的故事；还有米东区司法局局长李小兵号召大家捐款2万余元，帮助柏杨河哈萨克民族乡司法所长哈旦治疗精神疾病，最后在领导和战友们共同的关怀和努力下，哈旦重拾信心，最终战胜疾病，重新回到工作岗位上的故事……像这样的故事太多，在古牧地的大地上随处可见，限于篇幅，笔者就不再一一详述了。

第三束花：少数民族帮助汉族的故事

古牧地的土地，是一片质朴而又热情的土地，是一片具有宽广胸怀的土地，是一片各族人民紧密融合、生死相依的土地。在这片土地上，不仅有汉族帮助少数民族的故事，还流传着很多少数民族帮助汉族的故事。这样的民族情谊就像春天漫天飘舞的蒲公英，飘到哪里，她就在哪里生根、开花、结果……

阿西耶·乌拉音和她的汉族孙女的故事

1995年9月初，维吾尔族老人阿西耶·乌拉音跟随大儿子去阿克苏拜访了未来的亲家。返程时，当客车行至库车和轮台之间，下去"方便"的乘客们回到车上开始议论，说路边草堆旁有个东西像是个婴儿。听到这里，阿西耶觉得好像有个声音正在呼唤自己，她急忙下了车走到草堆旁，果然有一个婴儿躺在茅坑边，浑身污物。她随手碰了碰婴儿，小宝宝竟然在动。

"还活着。"阿西耶脑海中冒出这三个字。她不假思索地抱起了孩子。孩子的脸上满是脓包，脐带也没有剪。小手里握着一张纸条，上面写着婴儿的出生日期，连名字都没有。孩子的腋窝下还夹了20元钱……看着这个奄奄一息的小生命，阿西耶的心被揪得生疼，身为母亲的阿西耶没有再多想，赶紧脱下自己的外衣把孩子包好搂在怀里回到车上。

当乘客们看到阿西耶抱着一个脏乎乎、浑身散发着臭味的婴儿时，纷纷要求她下车。司机无奈，只得劝说她乘坐下一趟车，并将车票费用退给了她。阿西耶抱着孩子在路边等了一个小时，才等来了下一趟车。可阿西耶一上车，就有乘客捂住鼻子，她非常担心乘客和司机再让她下车，她抱着孩子哭了，用不太流利的汉语请求大家发发善心。她跟司机讲了捡拾孩子的经过，并对他说："你也有孩子吧，请你跟乘客说说情，别让我们下车。"也许是阿西耶那句"你也有孩子"打动了司机和乘客，大家都同意她留在车上。于是，阿西耶那颗悬着的心终于放了下来。

当客车途经库尔勒时，客车司机到附近的市场给孩子买了毛毯和奶粉。阿西耶又给孩子买了一把壶和水，给孩子洗了洗，用毛毯把孩子包好。没有奶瓶，她就用纸卷了一个锥形筒给孩子冲点奶粉，喂点水喝。到了乌鲁木齐，好心的司机又去买了一个奶瓶送给阿西耶，对她说："多的我也帮不了你，这50元钱你拿着，带孩子去医院检查一下。"多少年过去了，每当阿西耶·乌拉音回忆起那段往事，她就会说一句："那位司机真是个好人！"

一路颠簸总算回到了家中，迎接她的五个孩子看到阿西耶抱回一个婴儿，都用诧异的眼神望着她，阿西耶突然明白了一个残酷的现实，未来的日子将没有那么好过了。

阿西耶·乌拉音的丈夫在1985年去世后，一直是她一个人扛起生活的重担，艰辛地拉扯着6个孩子。大儿子早早外出谋生，家中的5个孩子中3个未成家，2个未成年，二儿子还患有残疾，生活一直很困难。如今她又抱回来一个满身是病的汉族弃婴，对这个本就贫困的家庭来说，真是雪上加霜。孩子们说："别人的妈妈出门都是带好吃的回来，你却捡个病孩子回来。"亲戚和村里的邻居也都劝她，要么将这个女婴送人，要么交给民政部门抚养。因为给女婴治病需要不少钱，还不一定能治好，大家都觉得这个女婴能活下来的希望非常渺茫。可阿西耶·乌拉音像是铁了心，谁的劝说也动摇不了她，她对劝她的人说："这是一条小生命啊！既然把她抱了回来，她就是我的孩子。不管生活多么困难，我也要把她养活大。有我吃的就有她的，就是我不吃不喝、不穿，我也要把她的病治好。"她还给这个小婴儿取了一个非常好听的名字叫努尔古丽，意思是光彩照人的花朵。

阿西耶拿出家里所有的积蓄，节衣缩食，到处求医买药，为了给小古丽治病，家里已经揭不开锅了，水煮白菜和土豆对她们来说已然是美味。阿西耶甚至让15岁的小儿子到外面背砖挣钱，挣上10块、20块，就赶紧抱着孩子步行三四公里的路去看病，小儿子为此还和她闹过别扭。

在一次次的看病过程中，大夫知道了她和这个汉族女孩的关系，他被阿西耶的善良和超越血亲的真挚母爱深深地感动了，告诉她药费不够的时候可以赊账，等钱凑够了再送来。每当大夫说这个娃娃的病不好治时，阿西耶就坚定地说："只要有一线希望我也要坚持。"在三年多的治疗中，阿西耶倾其所有，花了一万多元钱，还欠下一身债务，亲戚朋友、周围邻居，能借钱的地方她都借了，值得欣慰的是，古丽的病情日渐好转，只是额头和头顶还有脓疮治愈后留下的痕迹。

古丽7岁时，阿西耶一心想让她去上学，交不起学杂费，她就去恳请校长收下孩子。校长知道了小古丽的情况后，不但免了学杂费，每个月还给古丽120元的生活补贴，过年过节再买一身新衣服。每当提及那些曾经帮助过她的人，阿西耶就满心感激。看到古丽终于能像其他小朋友一样，背着书包走进小学校门，阿西耶笑了，她相信苦尽一定会甘来。可是，紧接着走进校园的古丽却慢慢发生了变化，她开始不开心，甚至会哭泣。"他们说我没有爸爸妈妈，长得不像维吾尔族，我为什么跟他们长得不一样？"

夜里，阿西耶躺在床上，认真地思考起一个问题来。如果有一天自己因年龄太大离开了，古丽怎么办？为了让古丽永远有一个家，从此，阿西耶当起了古丽的奶奶，她让古丽喊自己的大女儿"妈妈"，喊自己的大儿子"爸爸"，虽然在外人看来，这个家庭关系有点乱，但对于古丽来说，她有了爸爸妈妈，还有奶奶。为了让她安心学习，健康成长，阿西耶想着到他懂事的时候就告诉她一切，她决心在她有生之年一定要将古丽抚养成人，考上大学，将来过上更好的生活。

2008年秋，古丽上了初中要住校，一星期才回家一次，阿西耶每天都很想念她的小古丽，只要学校放假，古丽就会回家去看奶奶，帮奶奶做饭、洗衣服、收拾房子。天冷了，她就帮奶奶把窗户上钉上塑料布；天热了，她就从学校赶回来取掉。每次晚上回家住的时候，祖孙俩总有说不完的话。古丽一边给奶奶捶着背、揉着腿。一边问奶奶："头还疼吗？腿还疼吗？"每当这个时候，阿西耶就感觉非常幸福。她常说："古丽在身边我就高兴，我舍不得她，更离不开她。"

古丽上学很用功，维、汉两种语言的交谈和书写都非常流利。从小学到中学，她的成绩一直很好，多次被评为"三好学生"。2010年9月，古丽考入江苏省盐城市田家丙中学内高班就读，每次考试都在前几名。孝顺的古丽隔一天就给奶奶打电话问候，她知道只有好好学习才能报答奶奶的养育之恩，才能报答帮助过他们的好心人。她说她就盼着能考一个学费不贵专业又好的大学，将来有个好工作，能照顾奶奶，让她过上幸福的晚年生活。"每次放假回来，阿西耶就让小儿子去接古丽，还早早和孩子们说好，古丽去上大学大家都要给钱。虽然古丽只有18岁，但阿西耶已经做好了未来的打算。用她的话说："其他孩子不来我家，我不想。但古丽，我想呢！"

阿西耶将汉族弃婴抚养成人的故事，在当地村民中传为佳话，她大爱无私的执着精神始终感动着这里的人们。

热心肠的托乎提·阿巴斯

这还是一个维吾尔族收养汉族孤儿的感人故事。

托乎提·阿巴斯1962年出生，初中毕业后，托乎提·阿巴斯16岁就参加了工作，成为糖业烟酒公司的一名职工。1993年4月，托乎提·阿巴斯来乌鲁木齐商贸城提货，在大门口，一个10岁左右、正在哭泣的汉族男孩引起了他的注意，孩子穿得破破烂烂，凌乱的头发遮挡住了脸庞。托乎提·阿巴斯走过去问："孩子，你的父母呢?"小孩哭得更厉害了，一个劲地喊："叔叔，我饿!"托乎提·阿巴斯来不及多想，将孩子带进一家饭馆，要了饭菜，让孩子饱餐一顿。吃饱饭后，孩子有了精神，用满口难懂的四川话诉说了自己的遭遇。原来，这是一个来自四川山区的孩子，父母都已过世，一个村里人来疆打工，将他一道带来，但在火车站，他们走散了，孩子便无家可归。托乎提·阿巴斯心想：这么小的孩子没有人管，不是到处流浪就是沦为乞丐，或许比这样的结果还惨。望着孩子悲伤无助和对他充满期望的眼神，托乎提·阿巴斯感到了一种无法推卸的责任。于是，他下定了决心，要收养这个可怜的孩子。

托乎提·阿巴斯有一个很幸福的家庭，他的孩子再有两个月就要降临人世了，他和妻子正沉浸在即将做父母的喜悦中，与四川男孩的相遇改变了他们原有的生活轨迹。几天后，托乎提·阿巴斯带着这个汉族孩子回到了自己的家，他告诉了妻子收养孩子的整个过程，身怀六甲的妻子艾提瓦尔轻轻抚摸着孩子凌乱的头发，对托乎提·阿巴斯说："你做的决定我都理解，我支持你!"小男孩原名叫周建民，他们为他取了一个维吾尔族名字，司马义·托乎提。

司马义·托乎提的到来给他们带来了欢乐，也给他们惹来了不少麻烦。库车是个维吾尔族聚居地，托乎提·阿巴斯带回一个汉族儿子的事情很快就传开了，有些亲朋好友不理解他的举动，托乎提·阿巴斯反复给亲朋好友讲道理，直到他们接受并认可这个孩子。他给这个汉族儿子教维吾尔语，培养他学习维吾尔族家庭的各种礼仪和习俗，帮助他尽早融进维吾尔族人的生活中。司马义·托乎提是个善解人意、聪明懂事的孩子，他非常珍惜这个来之不易的新家，喜爱这对慈爱的维吾尔族父母，他很快学会了维语，并适应了这里的生活。托乎提汉语说得并不流利，却很快适应了四川儿子的方言，他们之间维吾尔族、汉族混杂的交流非常顺利。弟弟、妹妹相继降生，大儿子总是高兴地忙前忙后，大人忙不过来时，他主动帮着带孩子，照顾弟妹，弟妹慢慢长大，他们总爱跟在大哥身后，跟他一起玩儿，司马义·托乎提责无旁贷地担当起了"大哥"之职，恩爱的夫妻俩见三个孩子相处得如此融洽，高兴极了，一家五口人幸福快乐地生活着。

2000年，托乎提·阿巴斯所在的单位连年亏损，最终破产。在亲戚的帮助下，托乎提·阿巴斯举家来到了乌鲁木齐石化。他们四处筹资，在石化五区开了一家简陋的维吾尔族小饭馆。勤劳能干的夫妻俩苦心经营着饭馆的生意，维持着一家五口人的生活。由于饭菜可口，他们的饭馆收益不错，节俭的一家人用积攒下来的钱在十区买下了一套60平方米的楼房，喜迁新居，有了自己的安居之所后，一家人其乐融融地各自忙碌着。作为家里的长子，司马义·托乎提一直跟随父母操持着饭馆的生意。

托乎提·阿巴斯不仅使这个收养的孩子叫他爸爸，还有很多孩子也叫他爸爸。2005年，托乎提·阿巴斯就发现，石化大院里的68小学有十几个芦草沟的农村孩子，主要是维、哈两个民族，每天中午没钱吃饭，回家吃饭又路途太远，特别是冬天天寒地冻，非常困难，托乎提·阿巴斯主动承担起了每天中午免费给他们送饭的任务。当时的饭馆生意不错，可不管再忙，他都会提上热腾腾的拉条子往学校赶，每当看到孩子们吃饭时那种快乐的神情时，善良的托乎提·阿巴斯就心满意足了，直到这些孩子小学毕业。接着他又发现了另外三个中午吃饭有困难的孩子，直到2016年年底，一直坚持每天给孩子们送饭。每次去学校送饭，远远地就听到孩子们"大大！"大大！"（维吾尔语：爸爸）地叫，托乎提·阿巴斯就会感到那么温暖，那么兴奋！也许，这就是给予之后所能感到的欢乐。

托乎提·阿巴斯天性就是那么的淳朴、善良，尽管他自己家庭也很困难，自己还重病在身，但他就是见不得别人有困难，见了就要上，就要帮，从不计较得失，他天生就是那么个热心肠的人。

让流浪者不再流浪

请让我用最简短的语言再来讲述一个维吾尔族收留汉族流浪者的故事。

亚森·吐尔迪是米东区东路街道办新星社区新华四巷的一户维吾尔族居民。1992年冬天的一个下午，亚森家来了一个上门乞讨的乞丐，看样子大概有二十多岁。"年纪轻轻的怎么会来讨饭？"看着眼前的这个衣衫褴褛的年轻人，亚森的心里有些疑惑。经过仔细的询问，亚森才知道原来这个年轻人是从外地流浪到了米东区，而且智力也有问题，只知道自己的名字叫袁社员，家在哪儿、从哪儿来、父母是谁都说不上来。

想着眼前的流浪者居无定所、食不果腹，亚森开始为他的将来担忧起来。于是，他决定收留这个流浪的年轻人，让他从此不再流浪。就这样，亚森安排家人腾出自家的一间房子让袁社员住下，并给他准备了换洗的衣服和日用品，家里吃什么就给他吃什么。

接下来，亚森又跑前跑后为袁社员张罗解决户口问题。经过多方努力，终于为他在新星社区落了户，袁社员从此有了户籍，成了米东区新星社区的居民。为了袁社员的今后长远打算，亚森又开始为他寻求解决低保。2007年，新星社区终于将袁社员纳入低保。昔日的流浪者已成了享受低保的社区居民，袁社员对亚森一家人有说不完的感激和无法报答的恩情。一晃17年过去了，亚森一家人也始终如一地在照顾这名汉族流浪者。

在米东区，不仅流传着亚森收留汉族流浪者的故事，他设立"家庭奖学金"，用自己独特的方式激励九个孙子、孙女成为双语人才的故事，在米东区也是家喻户晓，人人皆知，并传为佳话，许多媒体都进行了报道。算起来，亚森·吐尔迪老人设立"家庭奖学金"已经有十多个年头了。每个学期结束，他的九个孙子、孙女都要赶到爷爷家里接受考核。他的考核也是分多项指标的，如在学习上取得进步，民族团结得到学校肯定，获得哪些方面的荣誉和表彰，特别是在双语方面有什么突出成绩等，考核中任何一项有突出表现，亚森·吐尔迪都会给孙子、孙女发五百到五千元不等的"家庭奖学金"，奖学金的来源是他和老伴的退休工资。有六个子女的亚森·吐尔迪是乌鲁木齐民族团结先进个人。平日里的他很重视教育，常把学好汉语和民族团结的重要性挂在嘴边。这些年，国家和自治区不断加大双语教育投入力度，出台培养双语人才政策，亚森·吐尔迪也用自己的方式培养孙子孙女们成为双语人才。表现越好，奖金越多。亚森·吐尔迪的大孙女阿丽娅·阿克夫说。2016年她以优异的成绩考上苏州大学,爷爷奖励了她五千元;四孙子亚里坤江·亚克夫2016年以优异成绩考上了深圳内高班,也领到了3000元的"家庭奖学金"。如今,他的九个孙子、孙女都能说一口流利的汉语,就连他最小的6岁孙子,在幼儿园都能流利地背出几十首唐诗和儿歌。亚森·吐尔迪说:"我就是要把他们培养成双语人才,让他们将来为新疆的发展做贡献,这个奖我要一直发下去,直到他们个个都能成才。"

在米东这片广袤的土地上,少数民族帮助汉族人的故事千千万万,比如新星社区团结巷维吾尔族居民阿不都拉·吾守尔在洪水中勇救汉族落水儿童的事迹;米东区维吾尔族协警牙生·哈德不顾生命危险,从急速行驶的车前救出汉族孩子的故事;还有98中初三学生,维吾尔族女孩娜迪热经常帮助82岁姜鸿艳奶奶的故事,等等。

在这些每个故事里面都有着生动、曲折,给人留下许多的感动和不能忘怀,可是,笔者为什么要挑选这几个维吾尔族抚养、收养、收留汉族人的故事呢?我们想向大家展示的就是他们那一颗颗质朴、善良的金子般纯洁、美好的心灵,我想让大家感受的就是这里的淳朴民风,感受到这是一个民族感情水乳交融的地方。这里不分民族,不分地域,他们的思想,他们的行为完全出自他们的内心和善良。这里是各民族共同生活、相扶相依的幸福家园。

第四束花:各民族之间团结互助的故事

在古牧地这片土地上,不仅有许多"汉帮民""民帮汉"的故事,还有许多各民族之间团结友爱、互帮互助的故事。在这个兄弟情深、相互依存的民族大家庭中,在这样具有悠久历史的共同生活环境中,自然而然地形成了许多"民族团结村""民族团结大院""民族团结好邻居"等，这就像一幅幅不经任何雕琢的民族风情画，自然地呈现出了各民族水乳交融的民族亲情。

米东有个"团结村"

在米东区，有一个自然村叫"团结村"，这是在1989年建村时就起的名字。全村413户村民，由汉族、维吾尔族、回族三个民族构成。近30年来，他们相互尊重、友好相处，在长期的共同生活中，他们已经形成了团结、友爱、和谐的传统和民风。

时年76岁的司马义·吾守尔与牛金山相差一岁，从孩童时代起，两人就在团结村一起成长。"当我还是孩子的时候就是这样，无论谁家有困难了，大家都是不分民族，同心协力地共同帮助，一直到现在都是这样。"司马义·吾守尔说。

回顾村史，两位老人如数家珍。牛金山说，"团结村最早是一个由多个民族共同居住的大杂院，当时有17户人家住在大院里。小时候，我们共饮一口井水，孩子们天天玩耍在一起，有时候吃住都在一起，就像一家人。1989年原来的村小队要设立自然村，在确定村名时，考虑到我们这里各民族，几十年来在一起生活得非常融洽和愉快，就把村名叫作'团结村'了"。

几十年来，在团结村有一个传统一直在延续着，就是无论是古尔邦节还是春节，村民们一直保持过年过节相互拜访的习惯。在生活习俗上也相互影响，在团结村，为了方便招待少数民族客人，许多汉族村民家中都有一间专门招待少数民族的地毯房；维吾尔族村民都

能说一口标准的甘肃方言，汉族村民也会说简单的维吾尔语；每年
"三八""五一""十一"等节日，村民都要聚在村委会旁的小广场上载歌
载舞进行庆祝。在这里，他们共同耕耘，共同致富，他们都有一个共同
的梦想和愿望，那就是在党的优惠政策支持下，经过各族村民们的共同
努力，将团结村建设成一个富裕、和谐的"美丽乡村"。

村民张振军、张振清兄弟是团结村的致富带头人。对于团结村，两
兄弟有说不完的感激话。

张振清说，1975年因甘肃老家遭遇自然灾害，他和弟弟从甘肃农村
逃荒落脚团结村。两兄弟刚到团结村时，除去身上仅有的两件衣服外，
什么都没有。是团结村的乡亲们收留了他们，为兄弟两人提供食物，提
供土地。40多年过去了，兄弟俩盖起了三层小楼，生活越来越好。俩兄
弟富裕不忘乡亲恩，他们与村民们共同经营着84个温室蔬菜大棚，成立
了蔬菜种植合作社，带领乡亲们共同致富。

如今，当年仅有17户人的村小队，发展成为有着417户村民的大村
庄。拥有苗木种植、蔬菜种植、畜禽养殖等十多个村合作社，村民人均
年收入已经达到15570元，可以说，建设"和谐、富裕、美丽乡村"的
这个愿望他们已经实现了，他们已经过上了共同富裕的小康生活。

走在团结村的道路上，你能感觉到在空气中那浓浓的暖意和温馨。
在这里，他们的民族团结之情，已经深深植根于这片土地，组成了一个
幸福、和谐的大家庭。不管是现在还是将来，他们都将沿着这条路走下
去，都要将团结村的民族团结精神传承下去……

亲如一家的"民族团结大院"

在米东龙泉社区有个被誉为"民族团结大院"的小区，这里住着32户174人，也是由汉族、维吾尔族、回族三个民族组成的。虽然大家民族不同，风俗习惯不同，但他们在生活中互帮互助、和睦相处，多年来，这三个民族亲如一家，没有红过一次脸，真正做到了"民族团结一家亲"。

2012年冬天，当时买艾木·依米尔家里还烧着火炉，买艾木·依米尔和妻子带着小女儿回南疆老家，留下23岁的儿子艾力凯木·买艾木看家。第二天早晨，邻居们发现因煤气中毒倒在屋外昏迷不醒的艾力凯木·买艾木，邻居们立即把他送去了空军医院，并及时联系他的父母，为了及时得到救治，邻居们共同为他垫付了8000余元的医药费，经过一天的救治，艾力凯木终于脱离了危险，大家也都松了一口气。当买艾木·依米尔夫妇赶到的时候，握着大家的手一一道谢，流下了感动的泪水，这种患难时刻见真情的民族情谊让他终生难忘……

艾海提与妻子在外打工，每天都很晚才能回到家，女儿穆凯代斯没人照看，邻居加米拉了解到这种情况后，告诉他们她很乐意帮忙照看这个小女孩，每天放学可以到她家做作业，直到他们回来。6月1日那天，10岁的穆凯代斯像往常一样，来到加米拉阿姨家中做作业，在作业快完成的时候，加米拉·乌斯满阿姨悄悄地蒙住了她的眼睛，带着她来到了客厅，她听到了很多小朋友的嬉笑声，睁开眼看到的是桌面上插满蜡烛的心型生日蛋糕，小朋友们拉着她的手一起唱起了生日快乐歌，希望她永远开心。穆凯代斯告诉加米拉阿姨，那一天是她最快乐的一天，是她过得最难忘的一个儿童节。

59岁的乌马尔江一人居住，靠在皮行拉皮子为生。因为有风湿病的原因，每逢阴雨天都会感觉到腿疼，邻居王祥知道后每个冬天都主动帮他拉煤、生火，下雨天还提醒他穿厚点。并经常去看望他。乌马尔江对王祥非常感激，但王祥说："我们虽然不是一个民族，但我们是好邻居，我们就应该像一家人一样，不分彼此，互相帮助。"

在这个大院里，还有两个备受人们称道的家庭，一个是房东加米拉·乌斯满，一个是租户王祥。王祥在加米拉·乌斯满家里"租住"了30年，加米拉·乌斯满却没有收过一分钱房租，两家好得跟一家人似的。在2016年底的"结对认亲"活动中，两家干脆结成了亲戚，年长一点的王祥成了哥哥，年轻一些的加米拉·乌斯满成了弟弟。

这件事说来话长。30年前，王祥只身一人从甘肃来到这里，加米拉·乌斯满的父亲见他人生地不熟，就把家里的一间空房免费让给他住，没想到这一住就住到了现在。王祥对"房东"加米拉·乌斯满也十分感激，冬天房东买了煤，王祥第一时间帮着运到院里，平时有什么活儿，王祥总是主动帮着干。加米拉·乌斯满说，"没结亲的时候我们就是亲戚了，现在结了亲后，我们就更亲了，我们的感情也更深了。"

在这个民族大家庭里，这种团结友爱的故事每天都在发生，就像是在一条蜿蜒悠长的小路上，他们一路走下去，在他们的身后，留下的是他们一路相扶相携的脚印……

团结友爱的"哈中家属楼"

在哈萨克族中学的旁边有一座"哈中家属楼"，楼上居住着哈萨克族、维吾尔族、汉族、回族四个民族的成员，共计80户254人。这里虽然是个多民族居住的地方，但他们彼此尊重各民族之间的风俗习惯和宗教信仰，邻里之间互帮互助，相处得非常和谐，十分融洽。

1单元601室的哈米提夫妇在1992—1997年都相继去世，留下4个孩子无人照看，当时老大哈依娜尔·哈米提才20岁，刚刚参加工作，下面的弟弟妹妹还都在上学，别说交学费了，就是正常生活都难以维持。当时哈中家属楼的托肯发动居民，为他家捐款捐物，还联系社区及教育局为其孩子们免去学费及书本费，并为这三个孩子协调办理低保。2004年，1单元201室的阿斯力老师去世，他的妻子努尔克玛丽无业在家，丈夫的突然去世对她的打击很大，当时他们的女儿拉扎提只有14岁，正在上初中一年级，邻里们看到这种情况后，自发地照看老的，帮助小的，大家还捐款捐物，使努尔克玛丽的女儿顺利地完成了学业。

叫汉族名字的少数民族故事

在米东区"民族团结一家亲"的几天专题采访中，我们还发现了一个特别有意思的事情，那就是许多少数民族都叫汉族人的名字。在他们的思想意识里，已经没有了民族、地域的差别，大家都是中国人，都是一家人，他们不分民族，不分彼此，互帮互敬，团结友爱。我们看到了在这些民族情感紧密的融合中，发生的那些感人故事，也让我们深切地感受到：民族团结之花，已经深深地植根于这片土地……

故事一：在长山子镇土梁村有一个维吾尔族村民叫吴金付，这可不是随便叫叫，就连他的身份证上都是这个名字。其实他的原名叫阿不都·热合曼，吴金付这个名字的由来可以追溯到1964年，当时有一批江苏的支边青年来到了土梁村，由于当时条件有限，村里暂时解决不了他们的住房问题，所以村里就将这部分人分散安排在了村民家中。当时吴金付只有12岁，有6户支边家庭住在了他家，一住就是2年。在和这6户家庭共同生活过程中，他们有了深厚的感情，就像一家人一样，其中有一户姓吴的家庭，觉得他是个特别好的小伙子，一心想认他为干儿子，就给他取名叫吴金付，从此这个名字也就这样传开了，叫的人越来越多，以至于大家都忘记了他原来的名字，吴金付这个名字也就跟了他52年，一直叫到现在。

他和村民周长银一家是结对认亲户，说起他和周长银一家的亲戚关系那可是由来已久了，在没认亲前就亲如兄弟了。那还是30年前的事情，当时整个村子都没有车，只有他家有一辆解放车，是用来搞运输的。有一天早晨，吴金付装着六吨大米准备送往昌吉，周长银急忙找到吴金付，说他的儿子周光福得了急病，生命垂危，急需送医院抢救。吴金付二话不说，立刻开上车带着他们夫妇和儿子前往空军医院，医生说如果再晚来两分钟孩子就没命了。从那以后，他们两家的关系越来越好，周长银的儿子成了吴金付的干儿子，两家成了真正的一家人，后来，他们经常互相帮忙，两家人在一起过年，因为吴金付家里宽敞，就连周长银儿子结婚都是在吴金付家待的客。

2003年的时候，吴金付因为车祸断了胳膊，车辆也报废了，作为造成车祸的主要负责人，他给对方赔付了9.8万元，再加上自己住院治疗的3万元，花光了家里所有的积蓄。有一天周长银到他家，说是要带他出去玩，没想到周长银竟然把他带到了二手车市场，花了2万块钱买了一辆普桑车，在办理手续的时候，周长银竟然将车主写到了他的名下，并将车钥匙硬塞给他。吴金付连忙说："这样子不对吧，这太贵重了，我真的不能收。"周长银说，"有啥不对呢，你救了我儿子的命，现在你有难，我给你买个两万块钱的车有啥呢，如果不是你，我就没有儿子了，我儿子的命一百万也买不来啊，有了这个车，你就可以重操旧业挣钱了。"吴金付当时十分感动地收下了这辆车，两年后，吴金付拿着跑运输挣的两万块钱硬是还给了周长银。从此他们两家的感情也越来越深，真正成了一辈子的亲戚。

吴金付不仅只是和他的"亲戚"周长银家关系好，他的热心肠、爱帮忙在村里是出了名的。别的不说就说一样，从他年轻的时候开始，不管村里村外，不管哪个民族，无论谁家办丧事，拉棺木到墓地都是他的事情，而且从不收一分钱，都是义务帮忙，每次去都要带上烧纸、香等祭品，这已经成了习惯，他成了村里拉棺木的专业户。从他有了车开始到现在，他免费为各族村民送葬至少达200次。其实许多人家里也有车，但他们心里犯忌讳，不愿意干这样的活。但作为一个少数民族的吴金付却不在乎，他说："越是在这样的时候，也是人家最需要帮忙的时候，我们更应该主动去减轻人家家里的痛苦，每次都不要人家来叫，我只要听说了就主动去了。"说到忌讳的事情，他说："这是积德行善做好事的事情，有什么好忌讳的。"在这几十年里，无论是汉族、回族，还是哈萨克族、维吾尔族，无论是哪个民族的家里办丧事，都是他送的葬。在他的心里，已经没有了民族的区别，大家都是一家人，那种民族间的情感，已经深深地融化在他的心里，他的血液里。

故事二：在柏杨河乡柏杨河村采访中，给我们印象最深的是一个名叫国成的维吾尔族老人，他的父亲叫哈斯木，母亲叫米丽汗，祖上是吐鲁番人。他出生于1945年，父亲说没有中华人民共和国，就没有他们的好日子，他是国家的孩子，于是便姓了"国"，叫"国成"寓意为中华人民共和国成立的意思。他一直思想进步，是村里的老党员。不但他这一辈姓国，而且让他的下一代也都姓国，他五个孩子的名字依次是国富，国有，国秀兰，国秀梅，国云，从他身上，我们深刻感受到了他对共产党的深厚感情。

他今年虽年逾七十，但身体还很健壮，看上去不过六十。他一直是个热心人，常给村里的邻居们帮忙。其他不说，其中有两样活儿人们一直离不开他。一件是不管谁家有人去世，他都帮着入殓抬棺，不管是汉族、回族，还是哈萨克族、维吾尔族，无论哪个民族家里有人去世，他都会主动去帮忙、料理。他说："都是乡里乡亲的，不管谁家有事了，搭把手都是情理中的事情，没有什么可讲究的。"还有一件就是他的铁锅抓饭做得特别好，村里无论谁家婚丧嫁娶，或是有什么值得庆祝的事情，请他去做铁锅抓饭，他都会欣然前往。这两样活他给村里的百姓一帮就是几十年。

故事三：哈萨克族村民黄海是三道坝镇十二户东村村民，在和汉族共同生活的44年中结下了深厚情谊，他们之间互帮互助、休戚与共、亲如一家。说起叫黄海这个名字还有一段故事。

1955年，黄海出生于米东区铁厂沟牧业二队，当时，他父亲负责给部队官兵运送军马、调运牲畜。"他经常听部队上的解放军聊天，知道了不少内地的名山大川，'黄海'当时在父亲脑海里印象特别深，于是父亲就给我起了这个名字。"黄海说。

16岁那年，黄海全家搬迁至三道坝镇十二户东村，成为一家不种地的村民，按照哈萨克族的生活习惯，他用家里的地，养起了牛、骆驼。

十二户东村位于半山腰上，耕地不平整，每到开春种地时，人们用拖拉机翻地后，需要平整土地，这个时候，村民们都会请黄海来帮忙。黄海赶着马，架上耙子，用这种原始的办法耙地，一天耙50亩地左右，有时候他也不收村民的钱，到了年底，村民就将这些农作物秸秆免费赠送给黄海当作牛羊饲料。

2014年的春天，黄海家遭了灾，残破的羊圈不堪负荷被山上融化的雪水冲垮，牲畜也受到了不同程度的伤害。

村党支部书记赵春萍知道以后，立即赶到了他家，又动员村里的人帮助他家将倒塌的羊圈进行了清理。

随后，米东区统计局住十二户东村"访惠聚"工作队，协调米东区统计局拨款一万元，村里又从三道坝民政办申请了一万元，在大家的帮助下，新羊圈盖起来了，黄海夫妇俩高兴得合不拢嘴。

像这样的故事还有很多，村里谁家有了困难，黄海都会忙前忙后。黄海有了困难，大家也会想办法帮忙。

翻看黄海的户口本也很有意思，他的女儿叫阿依古丽·黄海，儿子叫达吾列提·黄海。黄海一家不仅和汉族的感情已经融为一体，就连他们的名字也是两个民族融为一体了。

这里的春天刚刚开始

我们目前最重要的工作就是保持新疆的社会稳定和长治久安。为开创新疆民族团结的新局面、实现新疆工作的总目标，我们要站在全面领会自治区第九次党代会精神的高度，站在全区维稳战略的层面上来开展"访汇聚"工作和"民族团结一家亲"活动。

这是民族团结的春天，这是在冬雪中已经播下种子的春天，这里是不需要等到秋天即可收获的春天。在这个即将到来的春天里，米东区委下发了《关于做好"民族团结一家亲"活动结对认亲工作的通知》，米东区四套班子领导发挥积极带头引领作用，迅速分赴各村（社区），分别与28名困难群众、宗教人士、四老人员等结对认亲；与此同时，全区6个乡镇、7个管委会（街道）、62个职能部门全面开展结对认亲活动。至此，全区7000名党员干部职工都有了自己的结对亲戚户，结对认亲活动实现了党员干部全覆盖。不仅如此，全区群众之间的结对认亲工作也在顺利开展，据统计，群众间结对认亲已经达到30000户。各级党委（党组）结合各自实际，不断创新方法，通过登门认亲，召开座谈会，建立连心卡、入户走访，开展"送温暖，送信息，送技术，送岗位"等方式，组织形式多样的活动，丰富活动内容，促使各族群众血浓于水的兄弟情，姐妹情，手足情越来越深，以情交心，以情暖人，用最真诚的方式帮扶农牧民群众，解决群众的实际困难，让群众真切感受到党就在身边，干部就是亲人。

我们就是要紧紧围绕总目标，秉承根本宗旨和爱民为民情怀，深入基层、扎根乡村，维护社会稳定、建强基层组织、开展群众工作、拓宽致富门路、办好实事好事、推进脱贫攻坚、落实惠民政策等，真抓真做真干，在强基层强基础上下功夫，在争取人心上下功夫，把忠诚写在广袤大地上，把党和政府的温暖送到各族群众的家中，送到他们的身边和心坎上。

这就是在2017年冬春之交发生在米东大地上的故事。那些撒向古牧地漫山遍野的种子，其实是不分时间、地点和季节的，不用等到春天的到来，就已经开始在米东的土地上热烈地绽放。那是绚丽多彩的民族团结之花，那是圣洁的民族友爱之花，那还将是一部永远没有尽头、没有结尾的民族亲情之花，即便是大幕刚刚拉开，我们已经看到了那璀璨斑斓的花絮……

——陕西工村驻村工作队队长回族干部马初学，他的结亲对象是两个贫困家庭。在2016年年初的走访入户中，便承包了他们两家的两个贫困生，从高一到大学毕业的全部费用。一个是王艳琪，正在石化66中上高一，一个叫仲雅妮，在米泉中学上高一。给他们每人每月的生活费500元，每学期的学费1000元，加上王艳琪的四个月补课费每月800元，到2017年2月已整整一年，马初学已经支付了19200元，按此计算，仅三年高中就要57600元，如果大学全部读完，总费用将达到30万元左右。不仅如此，他把她们当成了亲女儿，春节给三个孩子（仲雅妮有个上四年级的妹妹）都买了新衣服，年三十晚上和三个孩子一起吃饺子，看春晚，经常和他们谈心、交心，并根据每个人的长处，给他们规划好了未来……

——116小学三年级学生闫景茹的爸爸，是自治区第三批"访汇聚"泽普县赛力乡乌鲁艾日克村的驻村干部，闫景茹将自己的2000元压岁钱全部购买了学习用品寄到了爸爸驻村的教学点。在她和"小闺蜜"潘柯锦的倡议和带动下，300多名同学参加了捐赠仪式，她们三年级七个班与赛力乡结成了友好班级，360名学生结成了互助对子……

——2017年农历大年三十这一天晚上，龙泉社区的两个维吾尔族饭馆，为市区街道的15个警务服务站送去了260份热腾腾、香喷喷的羊肉抓饭，每个抓饭按25元计算的话，价值达6500元。他们用他们的实际行动，表达了他们对这些坚守一线的卫士们的敬意和最真挚的民族情谊。他们两个人的名字是艾买提·买买提明和艾合买提·阿仆力米提。

——柳树庄村妇代主任明凤芝的认亲户是列提罕·阿不都苏家。一场大雪过后，她又来到亲戚家，看看有什么需要帮忙的地方。其实在认亲前她们就亲如一家了，她们经常在一起聊家常，列提罕·阿不都苏有什么烦心事，她就像知心大姐一样耐心地开导她。2014年9月，她的丈夫看病手头紧张，明凤芝二话不说就给她送去了4000元钱……

——对于72岁的米东区龙泉社区居民马婷华来说，2016年年底最大的一件喜事就是认了一名维吾尔族亲戚。她说："结亲以后，我们的关系更近了。"紧挨着龙泉社区的同心社区有一块小小的地方，虽然地方不大，但也可以利用，在她和众人的帮助下，艾尔肯·阿布都克里木的打馕店开起来了。由于他的手艺好，再加上精心打理，并不起眼的店面吸引了周围的很多居民，生意还算红火。马婷华说：能为她的"亲戚"做点事，帮点忙，她心里感到很欣慰。艾尔肯·阿布都克里木对这位"亲戚"更是感激不尽，可是这位"亲戚"从不在他这里买馕，他连送几个馕，表示一点谢意的机会都没有……

——永兴社区不但认亲戚，还开展了"认儿女"活动，他们把辖区114中学，家境困难、品学兼优的10名少数民族孩子认作儿女，这些"爸爸""妈妈"们给孩子带来了新衣服、新书包……

——何莉为她的"亲戚"艾姆拉·古丽送米、送面、送油，并让自己的女儿认"亲戚"家小男孩为"弟弟"，这就是在米东新近流传的"亲上加亲"故事……

——回族干部孙雅敏听说五保户老人陈顺奇的电视机坏了，二话没说，立即将为母亲买的电视机送给了五保户老人……

以及马琪给他的"亲戚"米珍富老人购买助听器的故事；维吾尔族克里木·阿不来孜帮助他的汉族"亲戚"贫困家庭王全喜的孩子上学，并承诺一直将他们供到上大学的故事；米东区政法委副书记熊辉刚帮助认亲户艾伯班·莫合买提的儿子找工作的故事等……

在古牧地这片大地上，每一条街道，每一个社区，每一个村落，每一天都在发生着这样的故事。在这片土地上，河流有干涸的时候，四季有变换的时候，但是这里民族团结的故事，永远没有停止的时候，在这个各民族聚集的幸福家园里，永远都是温暖的春天。

一个抗战老兵的本色人生

一个人的本色到底能坚守多久？一个人对党和国家的质朴情感到底有多深？一个人的人生境界到底有多高？还有，一个人对战友的感情到底有多真？或许，你从这样一个抗战老兵身上就能找到答案。

偶然的结缘

战争岁月他九死一生，留下轰轰烈烈的事迹；和平年代他保持本色，转业支边务农无怨无悔。他任劳任怨做了50年农民，将当年的光荣深藏在心底，沉默而清贫，没有人知道他过去的荣光。直到那年偶遇彭阳旭后，他的秘密在无意中才被发现。

那是2004年1月4日，81岁的他在女儿的搀扶下来到了原兰州军区乌鲁木齐总医院门诊治疗，老人患的是前列腺肥大增生，导致小便尿不出来。根据他的病情，必须要做手术，医生要求立即住院治疗。老人虽然很不情愿，但在女儿的劝说下，还是勉强同意了。

因病房没有床位，医院就给他临时加了一张床，并于第二天就给他做了手术，手术是成功的，这无疑给老人减轻了病痛，按说这是值得高兴的事情，但这似乎并没有给这一家人带来多少喜悦，反而给他们增添了更多的忧愁……

他的家距离医院并不是十分遥远，就在新疆米泉县（现为乌鲁木齐市米东区）三道坝镇韩家庄村，离医院也就是四十多公里。女儿、女婿轮流看护着老人。做完手术后，女儿就回去准备住院的必用品去了，当她再次匆匆赶到医院病房一看，老人的针也停了，药也停了，她就责问丈夫为什么？丈夫无奈地说，我们真的没有钱交了，医院就停了药。

无奈之下，他们又四处筹钱，举债给老人继续治疗。对于一个没有任何外来收入、没有任何积蓄的农民家庭，后面的治疗怎么办，欠下那么多的外债又怎么还？这是他们无论如何都绕不过去的难题，也是他们无法面对但必须要承受的事实。

于是，虽然给老人打上了吊针，用上了药，但女儿却经常在旁边悄悄地抹泪，偷偷地哭泣；女婿蹲在病房的过道里愁眉苦脸，唉声叹气；而更让人揪心的是，老人经常偷偷地拔掉针头，拒绝继续治疗……

当女儿发现了老人拔掉的针头，哭泣着紧揖着老人的手说："爸，你千万不要这样，咱先把病治好，其他的，我们以后再说。"

老人很平静地说："我已经八十多岁了，我的战友们早已走了，我也活够本了。我们家也穷，将来你们还要过日子，不能再给你们添麻烦了，不治了，咱们回家。"

这样的情景，这样的对话，这样的争执，这样的劝阻，从此就经常在老人和女儿之间发生。老人一次次地拔针头，女儿又一次次地找医生护士，给老人重新扎上……

其实，他们的情况，早就引起了同在一个病房的另一位病人的注意。每次看到这样的情景，他的内心都受到一次刺痛，他就是彭阳旭。当时他是自治区军队离退休干部第二休养所（以下简称第二军干所）书记，他因患肾结石住进了原兰州军区乌鲁木齐总医院泌尿科治疗，和那位老人刚好同在一个病房。

尽管彭阳旭让肾结石病折磨得疼痛难忍，直不起腰，尽管他一句也听不懂老人满口的江苏口音，但他看到，这样一个病重的80多岁老人，在他每次上厕所时，都是把腰板挺得直直的，即便是靠在床头上，也努力地把腰杆挺直。他从老人的举手投足中，看到了老人身上有一种军人的风骨。责任告诉他，他一定要搞清老人的身份。于是，他分别找女儿和女婿了解了老人的情况。

经过一番了解，女儿女婿告诉他，老人确实当过兵，不但打过日本鬼子，打过国民党，还上朝鲜战场打过美国鬼子。彭阳旭就搞不懂了，这样一个参加过抗日战争、解放战争、抗美援朝战争的老革命，看病住院应该有人管啊，怎么会这样呢？

女儿女婿说，他父亲现在就是个农民，确实没人管。去年8月，父亲患前列腺肥大增生，小便解不出来，都快憋死过去。由于拿不出医疗费，父亲硬是挺着不肯去医院。他们强行将父亲送进了原兰州军区乌鲁木齐总医院，借钱做了第一次手术。这次，父亲的病又犯了，他们连哭带骗，说是有关部门照顾他这位残疾老军人给解决医疗费，父亲才配合做了第二次手术。可父亲很快发现了2万多元的住院费都是他们借来的，这才几次三番偷偷拔掉输液管想中断治疗。现在医院又要让交住院治疗费，家里实在是拿不出钱来，借也借不到，都愁死人了！女儿说着又抽泣起来。

彭阳旭问："你有你父亲当过兵的证明材料吗？"女儿抹着泪说："反正长这么大，我是从来没见过，只是听父亲讲过他以前当兵的情况"。彭阳旭急切地说："一定要给你父亲做做工作，让他好好想想，找出你父亲当年当兵的证明，这对帮助你父亲很重要"。

随后，女儿就问父亲。开始老人还支支吾吾地不愿意说，在女儿生气地一再追问下，他才不得已说了。说他当兵的东西用几块布包着，藏在他屋里的一个木箱子底下。说完还很后悔，说你要这些干啥，你也不认识别人，让别人看啥！可千万别给我弄丢了。

女儿回到家后，把父亲的木头箱子的锁打开，翻出了父亲珍藏年久的那包宝贝东西。那是一个小布包，左一层右一层包得严严实实。她打小生活在父母身边，还是第一次见到这些东西。她想，如果不是为了给父亲治病，她也不会去追问，父亲也不会告诉她，那么她可能在父亲有生之年里也难以见到这些东西，这些秘密或许将永远湮灭在这箱子底里。

第二天，女儿把那个小布包交给了彭阳旭。彭阳旭一层一层地打开，当打开最后一层后让他非常吃惊：在一块金丝绒布上，别着老人在各个战役中立功受勋的7枚军功章，还有一枚军功章的别针已经脱落；在中国人民志愿军赴朝慰问团赠送的日记本中，还夹着中国人民志愿军后勤司令部的饭票和一张面值10元的朝鲜纸币，年代久远却依旧崭新；一条破旧毛巾上还清晰地印着"抗美援朝保家卫国"的红字，还有一支缴获的美军小铁饭勺战利品，勺柄上清晰地烙有"U·S"字样。不但有这些让人惊异的物证，还有两份证明他身份的文字材料，一份是由朱德总司令手印签批的中国人民解放军回乡转业建设军人证明，另一份是苏北盐城行政专员公署的军属证明，以及三等乙级因战伤残军人证，每一件物品都是老人峥嵘岁月的光荣见证。

面对这一块块凝聚着老人在一次次战斗的厮杀中获得的荣誉，面对这个在一场场战争硝烟中度过而幸存的生命，面对这个经历过抗日战争、解放战争、广西剿匪、抗美援朝战争的老革命、老功臣，特别是这个经历过荡气回肠的战斗人生后的老人，他几十年来一直是个地地道道的老农民，一直生活在社会底层，艰难度日，除了每年只有1440元的伤残抚恤金，再无半点额外补助，彭阳旭的心灵被震撼了！他那痛楚的心让他的眼泪再也忍不住滴落在那些奖章上面，沉默了许久的他都没能说出话来。

他也是一名部队转业干部，现在干得又是为军队离退休干部服务的工作，他对部队的感情，对军人的感情，特别是对那些经历过战争年代的老军人的感情更是浓烈而深厚的。这位老英雄到底经历过怎样的腥风血雨，岁月又遮掩了他多少痛楚与悲哀呀！此情此景，让彭阳旭的心久久不能平静。这样怎么能行？这样绝对不行！他抱定决心，一定要设法解决老人的看病问题，一定要解决老人安身立命的问题，让老人能够安度晚年。他对老人的女儿女婿说，你们放心地给老人看病，钱的问题我来想办法解决。

11年的烽火岁月

彭阳旭与老人的偶遇，让我们有机会知晓了老人的从军战斗经历。让我们走近老人，走进他过去那战火纷飞的年代，看看他到底是怎样的一个人。

老人名叫吴绍发，1923年12月出生在江苏盐城建湖县的一个农民家庭。"小时候，家里穷，我十来岁就到地主家里当长工。"吴绍发说，1943年2月的一天，共产党的队伍到村里动员村民入伍参军，"听说这是为人民做主的队伍，我就偷着从家里跑出来报名参军，父母和家人谁也不知道。"

20岁的吴绍发参军入伍，换上肥肥大大的土布军装，他笑得合不拢嘴："这下好了，我可以到前线打鬼子了！"他光荣地成为一名新四军战士加入了抗日行列。在他珍藏的一份泛黄的军属证明表里是这样记载的：

"苏北盐城行政专员公署军属证字第4号：兹有吴阳广，江苏省盐城行政区建湖县高作区建北东葛村人。现在第一野战军服役。"

这里要说明一下，其实他当兵前的名字叫吴阳广，入伍后，害怕日本兵和国民党杀害家人，便改名叫吴绍发。

在吴绍发珍藏的另一份"转业证明"中记录得更为详细。这是一份由朱德总司令手书印章签发的中国人民解放军回乡转业建设军人证明，在这份"转业证明"中大致是这样记载的：

吴绍发，原任第三十九军一一五师三四三团一营营部给养供给排长。战斗次数：22次；负伤：2次；残疾等级：3级乙；1946年加入中国共产党。战斗大功：4次；祖国战斗小功：2次；朝鲜战斗记三等功：2次。1945年2月—1954年9月，历任战士、副班长、军械员、股员、给养供给排长。现批准回乡转业建设。落款日期为1954年12月10日。

吴绍发20岁偷跑去参了军，他没来得及学一点作战技能，便赶上了一个又一个炮火纷飞的战场，经历大小战斗100余场。

在抗日战争中，他所在的115师343团参加了著名的平型关大战，随后部队转战江南，编入新四军战斗序列，他们这支挺进苏北的八路军第五纵队奉命改编为新四军第三师，他所在的团也改为新四军第三师八旅二十二团。在日、伪、顽极其复杂残酷的敌后环境中，坚持抗战，和敌人进行了艰苦卓绝的斗争，终于把日本鬼子赶出了中国。

在解放战争中，他参加过辽沈、平津、渡江战役，战斗足迹踏遍东北、华北、中南、西南18个省市。让我们来看看他们在解放战争中的进军路线图：1945年9月，抗日战争刚刚结束，他们便响应中央"打到东北去"的号召，11月底，他们便从江南横跨大半个中国，直接来到锦州以西地区，被编入东北人民自治军战斗序列，此后，参加了四平保卫战、攻克锦州、解放沈阳等战役，全程参加了整个辽沈战役；紧接着又南下入关，参加平津战役，成为攻克天津的主力团。辽沈、平津两大战役胜利结束后，他们遵照毛主席"将革命进行到底"的伟大战略部署，越过华北平原，跨过黄河、淮河，翻越大别山，渡过汉江、长江。参加衡（阳）宝（庆）、广西战役，把胜利的红旗插上我国西南重镇 —— 镇南关（友谊关）。此后在广西他又多次参加剿匪战斗。

1950年6月25日，朝鲜战争爆发，他们又响应党中央号召，再次从江南出发返回东北，于8月7日抵达辽宁辽阳地区集结待命。在解放战争中，他们从祖国的最南方到祖国的最北方，前后整整穿越了三次，哪里需要上哪里，可见有几支部队有过他们这样的经历？

在抗美援朝战争中，他们团又成为中国第一批入朝的参战部队，他也成为一名光荣的志愿军战士。他们团从1950年10月20日正式入朝作战，在朝鲜战场经历了五场大的战役。他们团在任何时期都是主力团，牺牲也就最大。笔者根据《三四三团史》附录里面的烈士名单计算了一下，在抗日战争、解放战争和抗美援朝三场战争中，牺牲的烈士共计2535名，而仅在朝鲜战场上牺牲的就高达1226名，将近占了一半，可想那场战争的残酷程度。他们在朝鲜苦战了两年零六个月，直到1953年4月凯旋回国。

吴绍发从他当兵的那一天起，在各个战场上浴血奋战了整整11个年头，直到每一场战争的胜利。

在那些残酷无情的战争中，他经历过无数次的战斗，死神与他一次次擦肩而过。对几十年前身经的每场大的战斗，吴绍发至今仍记忆犹新。由于耳聋和怕引起他为牺牲的战友而过于伤感的原因，我们仅就他伤残有关的几场战斗做了了解。尽管有选择地让他追忆几场战斗，但他说着说着就眼含泪花，嘴发硬，手发抖。

1943年2月，在残酷的抗日战争中，20岁的他参加了新四军。有一次，他和战友在江苏阜宁县侦查，发现敌人秘密据点后却遭到日寇围攻，大家躲在一处掩体下和敌人拼搏，子弹打光了，就和敌人展开肉搏，吴绍发的步枪上没有刺刀头，他就拿着枪托向冲上来的日本兵砸去，抢过了对方带有刺刀的枪。这时，两个鬼子端着刺刀向他冲过来，他用刺刀将一个鬼子顶到了墙上刺死，随即回身又干掉了另一个鬼子。他和战友们与敌人展开殊死拼杀，胸部、腹部等多处负伤，最终成功突围，终于将情报送回了总部。在这次战斗中，他虽荣立战功一次，获军功章一枚，但每当想起那些在突围中牺牲的战友，他便觉得，他的那枚军功章，都是战友们拿生命和鲜血换来的……

在1948年的解放战争中，吴绍发作为东北野战军参加辽沈战役的一员，在辽西会战前夕，吴绍发所在的一营接到命令，固守一处军事要点阻击敌人。"从头一天晚上10点，到第二天下午8点，我们一个营500多名战士对敌人4000多人，只有步枪和手榴弹的战士们，面对全副美式装备的国民党军队，没有一个退缩。"据老人回忆说，那场战斗异常激烈和残酷，在这样力量对比极其悬殊的情况下，他们和敌人鏖战整整一个昼夜，战士们个个杀红了眼，一次次打退了敌人的疯狂进攻。在最后一波战斗即将开始时，吴绍发和战友们清点了人数，能动的只有7个人了。"我们每个人都上了刺刀，准备打光最后一颗子弹后就和敌人肉搏。就在大家抱着必死的决心准备和敌人拼命时，我们的主力部队到了……"

尽管那场战斗牺牲巨大，但他们还是圆满地完成了阻击任务，为整体战略部署赢得了宝贵时间。在那场残酷的战斗中，他的战友们一个个在身边倒下，而他却侥幸地活了下来，但腿上留下了多处弹伤。

在抗美援朝战争中，吴绍发老人回忆说："美国的武器装备比我们好，飞机、大炮随时可以打我们，我们白天根本没办法行动。我们一般都是白天不打黑天打，住的是防空洞，吃的是炒面，山上没水喝，渴了就吃山上的雪……"

在一次战斗中，他被炮弹炸聋了双耳，"炮弹在我身边爆炸后，炸翻的土把我埋在里面，只露出两条腿，幸亏担架队员发现我的两条腿在动，把我从死亡线上拉了回来。"他人虽活了下来，却从此成了听力障碍者（只有在耳边大声说话，他才能听得见）。战场上，吴绍发全身曾多次负伤。时至今日，他的腹部上还有一道20多厘米长的疤痕，在大腿上也有多处伤痕……身上的伤痕仍清晰可见。

在笔者采访中，吴绍发撩起上衣，低头望着腹部那道20多厘米长的疤痕，眼角流出了泪水："我是战场上的幸存者，可我的许多战友却再也没能回来……"

是的，那么多和他一起从抗日战争、解放战争走过来的老战友，都牺牲在了异国他乡，这能不让他为那些牺牲的战友们而痛惜吗？能不让他时常地怀想与思念吗？

支边务农新疆

走下战场，和平年代的吴绍发坚守军人本色，始终对党忠心耿耿，将当年的光荣深藏在心底里，安守清贫，甘做一个最普通最平凡的老农民，即便生活遇到多大困难，也从不向党和政府开口。只有那些渐渐发黄与褪色的军功章、纪念章和慰问品等物陪伴着他，安慰着他。

据吴绍发当年所在部队的史书《三四三团史》记载：1953年11月，根据中央军委和军区党委关于整编改装的命令，以及军委颁布的《国防军陆军编制表》，他们343团开始整编改装，直到1954年8月，全团整编改装全部结束。在整编改装中，他们团有252名老弱病残的干部士兵复员转业，吴绍发因战致残、双耳被炮弹震聋，也在这批复员转业的人员当中。于是，1954年12月，吴绍发谢绝了所在部队和当地政府的优待安置，拖着残疾的身躯，复员回到了家乡江苏建湖县，领取了当时视作复员费的两斗小米，参加农业生产。1959年，他积极响应国家"建设边疆"的号召，离开鱼米之乡的江南来到新疆支边，被安置在新疆八一钢铁厂当一名钢铁工人。刚安顿的第二天，领导问："谁会种水稻？"他举手作答："我会"，接着拿着行李到了原米泉县韩家庄村种水稻。原来，原米泉县作为粮食基地，急缺有水稻种植经验的人。就这样，他又从一名钢铁工人变成了一个普通农民，在原米泉县三道坝镇韩家庄村一待就是一辈子。

吴绍发与小他11岁的王秀玲结为夫妻后，生了一个女儿，起名叫吴永红，这是他们唯一的孩子。一家三口，相依为命，靠种田为生，默不作声地做人，村里没人知道他的不凡经历。

"是党的人，就要听党的话，跟党走。"不管是战争时期还是和平年代，及至安家农村，过着每天面朝黄土背朝天的日子，吴绍发都没有忘记自己是一名共产党员。韩家庄村的一些老党员介绍，每次村里开党员会，吴绍发都是提前半小时到，会上的材料都带回家认真看。2008年8月，在全党开展深入学习实践科学发展观活动中，吴绍发所在的村党支部组织全体党员进行集中学习，吴绍发每次都是按时到会，正襟危坐到学习结束。一次，村支书看他年老有病，就贴近他的耳边好意地大声说："吴老，您也听不见我们讲什么，每天干坐在这里干啥？你干脆回家，以后就别来参加学习了。"吴绍发听后，愣了一下，然后十分生气地一字一句道："这是党的会议，我虽然耳聋听不见，但我是一名党员，周围的群众都看着我，就这么干坐着我也要坚持到底！"打这以后，村里党员集中学习时，再也没人敢去劝他了。

在村里，吴绍发先后担任过党小组长、民兵排长、贫协组长、出纳、保管员，他始终把手中的权力看作党和人民赋予的职责，坚持原则，认真履责，深受村民信赖，在群众中有着极好的口碑。

据吴绍发所在村的村民介绍，当年，吴绍发在担任生产队保管员时，保管着全队的大米。一次，生产队队长让吴绍发给他从库房里拿些大米出来，他想用大米去拉点关系、为队里办点事。吴绍发说："大米是集体的，你怎么能随便拿呢！"一口回绝了他。气得这名生产队队长愤怒地说："要么你将大米给我，要么你这保管员就别干了！""那你就撤我吧！反正这大米我是坚决不会给你的。"吴绍发坚持说。这名队长一气之下撤换了吴绍发的保管员。然而，不到一年的时间，全生产队的社员对新任保管员意见纷纷，在大家的强烈要求下，吴绍发又被推选到保管员的岗位上。

身为一个安家异乡的外来户，生计上的艰难与无助可想而知。可生活再怎么拮据和清贫，他始终保持着一名共产党员和老军人的操守。特别值得一提的是2002年的冬天，那是一个大雪天的下午，三道坝镇的民政助理员来送伤残抚恤金，将一个装有15000元的黑色塑料袋落在他家。这位助理员左思右想也想不出丢在哪儿了。傍晚时，经过离吴绍发家30

米远的公路时，看到一个雪人，用胳膊紧紧夹着一个黑袋。这位助理员知道他站在寒冷的大雪天里等了几个小时，一直在等自己时，感动得不知道说什么才好。这位助理员回忆起这件事时，至今仍感激不尽。她说，当时袋里装有15000元钱的抚恤金，跑了几个村，去了几十家，丢在何处，确实没有丝毫的印象，要不是吴老爷子的人品好，主动将那个袋子交给我，我将永远也解不开这个谜。

几十年来，吴绍发尽管日子过得极其简朴、清贫，但他却感到很知足，很满足，从不抱怨。这期间，有很多人替他抱不平，要他去上访，请求落实政策，都被他断然拒绝了。2012年的一天，一位曾参加过抗美援朝的呼图壁县在乡老兵，偶然从报纸上看到吴绍发的情况后，在儿子的陪伴下，特意从呼图壁赶来找到吴绍发，查看了吴绍发那些"宝贝"材料后，说："我因档案材料不全一直上访，最后被有关部门查实落实了待遇。你1943年2月投身革命，立了这么多次功，参加了这么多次的战斗，你咋不去上访落实政策呢？"

"对生活没什么要求，我活了90岁，比起牺牲的战友，多享了多少年的福！"

最后，这名呼图壁县的在乡老兵说："你要是跑不动，或嫌麻烦不愿意跑，把你的军功章等宝贝交给我，我替你去找！"

"找什么？现在有待遇了就找，那算什么？我们能从战场上活着回来，已是万幸了。"

这位在乡老兵反复劝吴绍发去上访，见实在劝不动，仍不甘心，就去三道坝镇上住了一夜。次日一大早，又来劝他。最终带着感佩之心离开了他家。临别时，双手紧紧拉着吴绍发的手激动地说："你这位在乡的老革命伤残老军人，从不向党和政府要待遇，真的让我感动和佩服。"

"我很幸运，因为我还活着。"吴绍发常把这句话挂在嘴边。无论他多么清贫，无论他记忆力有多差，也无论他当时的身体怎样，几十年来，吴绍发都不会忘记一个日子，那就是他祭奠战友的日子。每年到清明节，吴绍发都要到一个僻静的地方，他面朝南方，给牺牲的战友们放挂鞭炮，烧一些纸钱，嘴里还念念有词，他总是把他能记起的战友的名字都念叨一遍，然后打开一瓶酒，把酒洒在那些烧过的纸钱上。他席地而坐，总是坐在那里很久很久，不忍离去……

我想，在那一刻，在他面前随风飘飞的已经不是燃过的灰烬，而是他那些牺牲的战友们生前活灵活现的音容笑貌……每次独自和牺牲的战友做心灵的对话，他就得到了一种支撑，一种安慰，一种心灵上的洗涤。

功臣互献爱心

抗战老兵是最不能被遗忘的英雄。对于这样一位为共和国的建立流过血打过仗负有伤的功臣，我们绝不能袖手旁观。2004年1月，了解了同病房的病友吴绍发老人的情况后，彭阳旭不顾医生"继续住院治疗，不能外出剧烈活动"的意见，带上老人的女婿直接找到了时任新疆维吾尔自治区民政厅优抚安置处的潘处长。他说："现在有一名老八路，住院没钱，医院要停止治疗，你看怎么办？"并把老人的材料一同拿给潘处长看。

潘处长看了老人的材料，也很同情，但她说，目前还没有针对老人这种情况的政策，她也没有办法。

当时彭阳旭的肾结石病还未痊愈，还在时时发作，经常让他疼痛难忍。而这时吴老也已出院回家了，他还欠着两万多元的债，他一定在家里焦急地等着他，盼着他，能想出好办法，能给他带来好消息。

想到这些，彭阳旭心中更加焦急，他不等病好，就急切地回到了单位。回单位后他立即找到了老干部管委会主任张双和，把吴老的有关情况向张主任做了全面、详细的反映。张主任听后心情也很沉重，他立即说，我们第二天一起先去看一下老人家去。

第二天一大早，彭阳旭就带病陪张双和去米泉三道坝看望吴绍发老人。踏进吴老的家门，眼前的一切让他们很是寒心，家境贫寒的超乎想象：在那间年久失修，低矮、破旧的土房子里，家里仅有几件老式的旧家具：一张方桌，一张床，一个破木头箱子和一个旧木头柜子，最值钱的就是15年前女婿送的那台12寸的"雪莲牌"黑白电视机，这就是他的全部家当。房间昏暗、杂乱、陈旧，还散发着一股刺鼻的呛味，后来他知道了，那是他们经常编草垫子，从稻草里面散发出的灰尘和草屑的气味。

彭阳旭和张主任来到吴绍发家的时候，老两口正在门口编草垫子，而先前他们老俩口就是靠编草垫子生活的。他唯一的一个女儿出嫁在外村，老两口仅靠一年1440元的伤残抚恤金度日，不要说正常生活，就连最低生活也难以维持。他们为了节省那点极其有限的资金，已经尽了最大的努力。为了节约燃料费，如果不是太冷的天，他们都舍不得烧女儿送来的煤炭，老两口常常坐在被子里面取暖，夏天他们到处去捡柴火用来做饭。他们现在编草垫子已经不是为了生活，而是为了还债。出院回到家后，吴绍发从老伴口中得知这次住院两次手术共花费2万多元都是借来的实情后，心理压力非常大，决定在有生之年还清债务。81岁高龄的他和老伴拖着病残衰弱的身子，开始日夜用稻草编草垫子卖。而一个

　　长2米、宽80厘米的草垫子只能卖到五六毛钱，可那要编多少个草垫子啊？彭阳旭粗略算了一下，如果像这样要还清两万元的债，即便老两口不吃不喝也要20多年，简直让人不可想象，不可思议……

　　看到这样的情景，张主任和彭阳旭的心情是一样的沉重。当他们把在三道坝镇上买的5公斤瘦肉递给吴老时，这位坚强的老人眼睛湿润了。

　　他们回到单位，张主任立即召开了管委会。会上，大家很快形成了一致意见。军休老干部们说，通过这件事，吴老教育了我们，和吴老相比，我们知足了，满足了。吴老在精神上帮助了我们，我们也要在物质上帮助他一下，帮助吴老渡过难关。会议进行到最后，大家为这次活动定了一个名字，就叫"功臣互献爱心"活动，双方在精神上、物质上互相帮助。

　　之后，他们又召开了全体老干部"功臣互献爱心"动员大会，上级也很重视，时任民政厅党组书记周毅带着厅机关各处、室来参加了大会。会上，彭阳旭发表了激动人心的讲话，他向老干部们详细介绍了吴老战争年代英勇无畏、战功赫赫和现在家庭极其困难的情况，让所有在场的老干部无不为之动容。捐款活动开始后，周毅书记带头捐了500元钱，紧接着，民政厅各处室以及老干部们纷纷踊跃捐款，当场捐款1.4万元。捐款结束后，彭阳旭把所有捐款交到了吴老的手中。

　　当吴老接到这1.4万元钱时，激动地说："我活到现在，一辈子也没见过这么多的钱。"彭阳旭握着老人的手说，"您老放心，您以后住院不要再拔针头了，你看病的钱党和政府会给你解决的，再也不要担心给女儿一家添麻烦了。这些钱你先用，不够我们再想办法。"

　　临别，问吴老还有什么困难，吴老不停地说："没有了，没有了，这已经给我们解决了大困难，怎么还好给政府添负担呢。"

过后，周毅书记又专门安排民政厅福彩中心从福彩中拿出8000元经费，还清了老人因看病欠下的所有欠款，福彩中心又发动全体党员和职工，为老人捐款购买了一台29寸彩色电视机。

事情到此为止，似乎已经非常圆满。在大家的共同努力和帮助下，让吴绍发老人一家渡过了无论如何也迈不过去的一个难关，解决了老人一家面临的棘手困难，似乎老人也再无后顾之忧了。于是，先前帮助过老人的有关部门也就不再关注，争相报道"老八路吴绍发英雄事迹"和"帮助老八路吴绍发光荣事迹"的各种媒体也随之消失，老人吴绍发从人们的视线中淡出，他们一家又恢复了和往日一样的平静生活。

事情真的是这样吗？老人吴绍发的生活从此就真的改变了吗？怎么可能！就靠他那每年1440元的伤残抚恤金，他能过上怎样的生活？

只有一个人没有忘记，他就是彭阳旭。他仍在尽自己的努力来帮助老人吴绍发。在此后的几年里，他每年都去看望慰问吴老。彭阳旭记得，他第一次到吴老家时，吴老问他："乌鲁木齐有没有香蕉？"于是，彭阳旭第二次到他家时，特意给他带了许多香蕉和水果，老人高兴得像个孩子似的，稀罕得不得了。彭阳旭听说吴老从来到三道坝后再也没去转过乌鲁木齐，便用车接来吴老在乌鲁木齐市转了一圈。老人看着焕然一新的乌鲁木齐，高兴地说："乌鲁木齐变化真大啊，和我们当初来的时候完全是两个样子了！"看着无比喜悦和兴奋的老人，彭阳旭心酸得一句话都说不出来……

是的，一个活了80多岁的老人支边安家农村后再没有吃过香蕉，一个打了三场战争，双脚走遍全国，打遍全国，甚至打到国外，最后在乌鲁木齐周边的农村住了一辈子，竟没有游看过乌鲁木齐。可想而知，他还有多少没吃过，没见过的东西啊！可能如今的几岁小孩都比他见得多，吃得多，享受得多……你说能不让人心酸吗？

2006年，彭阳旭从第二军干所调任自治区军队离退休干部安置管理服务中心（以下简称"军休中心"）主任。这是一个新组建单位，一边要筹建，一边还要接收军队离退休干部，工作千头万绪，忙得实在无法脱身。尽管如此，彭阳旭还是利用春节休息时间，带上爱人和女儿去看望吴老。

2009年3月，彭阳旭又来看望吴绍发老人，发现年迈的老人因病生活又回到了几年前的贫困状况，心里很是难过。

回到军休中心后，彭阳旭将吴绍发的情况向班子成员进行了介绍，大家很快达成共识：吴绍发是国家的有功之臣，应该伸出援助之手帮助其渡过难关。

在军休中心教育动员大会上，大家被吴绍发的情况深深地感动了。"中心领导采纳老干部的提议，号召全体军休老干部和工作人员每人每天捐出1分钱，援助抗战老兵吴绍发。"老干部嫌少，要求改为"每人每天节省捐出5分钱"。老干部说："比功劳吴老在天上，我们在地下，比待遇我们在天上，吴老在地下，我们应该尽点绵薄之力。"

军休中心自此在全体军休干部和工作人员中展开了"每人每天节省捐出5分钱，资助功臣度晚年"活动，一年给吴绍发老人捐款5000元。这项活动开展后，军休中心除了逢年过节组织工休人员前往吴老家看望慰问并送去慰问品和1000元的慰问金外，还给老人送去了几床新棉被、新褥子、新枕头和衣物等，方便时安排吴老夫妻俩到军休中心免费体检，每年入冬都给老人一家送去足够一个冬季取暖的煤炭，使老人的晚年生活有了一个基本保障。

2010年中秋节前夕，军休中心主任彭阳旭、副主任陈军禄慰问吴绍发时，发现吴老明显消瘦了。吴永红说："是冬天冻的和夏天热的。"经过仔细察看，发现吴老的住房墙体是37公分，屋顶只有5公分厚。

回到军休中心的当天，主任彭阳旭、书记许卫东当即召开碰头会。大家一致要求改变现状。很快，吴老的住房墙体加厚了20公分，屋顶加厚了40公分，这笔4.6万元的修缮款就是从军休中心"每人每天节省捐出5分钱"里支出的。

2012年11月18日，是吴绍发老人90岁的生日。这天上午，彭阳旭早早地带领老干部代表和工作人员来到吴老家中给他祝寿，买了蛋糕，放了一万响的鞭炮，并送去了2000元的寿金。在众人的围观和欢呼声中，吴老努力挺直了已经有些佝偻的背，他用军礼向大家表示着谢意。

2014年11月，92岁高龄的吴绍发患上了前列腺癌，军休中心又安排他住院治疗。11月20日，军休中心召开了主任办公会，通报了吴绍发的病况，大家心里很是关切和着急。会议研究决定从11月开始，在以往捐助不变的基础上，以后每月从每人每天节省捐出5分钱中再拿出500元，作为给吴老增补护理和营养费用。并在第二天党日活动时间，组织26个老干党支部书记、代表2000多名军休老干部去吴老家中看望，现场开展"真诚送温暖，实地受教育"组织活动。他们给吴老送去1000元过冬烤火费，将送去的新被褥、新枕头铺到吴老的床上，吴老夫妻俩感动得热泪盈眶。吴老兴奋地唱起了"三大纪律八项注意""我是一个兵"。让人惊讶的是，92岁高龄、身患前列腺癌、腰上系着排尿袋的吴老竟能只字不差完整地唱完这两首军歌。

"送去的是温暖，收获的是精神。"军休中心的老干部纷纷感叹。他们为吴绍发捐款，一捐就是8年，还要继续再捐赠下去。他们说，他们捐的不是钱，是感动。

每年，军休中心的领导都要组织老干部代表和工作人员去吴绍发家里，过几次有意义的组织生活，每遇大项专题教育都会请吴老来军休中心与大家见面交流。

"每次去吴绍发家过组织生活，我们都让工作人员看一看吴老昔日的功劳、现在的处境，比一比自己与吴老的差距在哪里，想一想向吴老学些什么，怎样服务好身边这些军休老干部、人民的功臣？"彭阳旭说。

永远的老兵

70多年前，吴绍发为抗击日寇、为祖国出生入死，浴血奋战，如今，他垂垂老矣，步履蹒跚。尽管人们一见面都尊称他老八路、老英雄。然而，吴老从不承认自己是英雄，他总自称是一个"老兵"，只是做了自己该做的事：保家卫国。

党和政府没有忘记他这位抗战老英雄、老功臣。从2013年开始，国家民政部门开始对像吴绍发这种情况的在乡抗战老兵有了新政策，彻底解决了他们的生活后顾之忧。据乌鲁木齐市米东区民政局长程吉平介绍，2013年以来，按照国家政策给予吴老每月补助金1300元、护理费1900元、低保金335元，老人每月可享有3535元的补助保障金，还有老伴王秀玲每月335元的低保金；老两口均享受全额看病、冬炭、粮食补助，再加上他残疾抚恤金和过年过节的慰问金，还有军休中心的捐助，这样一来，吴老一家安度晚年过日子是没有什么问题了。

即便如此，吴老的那点待遇和那些早他三十年就享受离休干部待遇的人能比吗？但无论如何，这样的结果还是让人很欣慰的。

　　这似乎只是他幸福晚年生活的开始，然而，让人更为欣慰的是，他终于又等到了他生命中重要收获的季节。2015年"七一"前夕，在军休中心召开的"老干部义务担当支部书记宣讲会"上，《军休文化》杂志社的一位主编看到应邀坐在大会主席台上的吴老，了解到他的情况后，很受感动。这位主编通过原总参谋部的一位老战友，与沈阳部队取得了联系。与此同时，吴绍发的老部队原沈阳军区115旅（该旅前身即39军115师）的首长也在媒体网络上看到了关于吴绍发的新闻报道，十分激动和重视。部队首长立即安排政治部与一直资助吴老的军休中心和米东区民政局取得了联系，随后派政治部副主任马奔一行专程到新疆看望吴绍发。

　　8月22日上午，马奔副主任一行在军休中心主任彭阳旭、党委书记许卫东和米东区民政局局长程吉平等的陪同下，来到了吴绍发的家。当地米东区民政部门有关工作人员和村、镇领导，以及村民簇拥着前来祝贺，大家道喜："能在吴老英雄的有生之年，圆了他61年的老部队梦，找到亲人，我们都感到欣慰和高兴！"

　　马副主任一行在翻看了吴绍发的军人证和奖章后，一致肯定老人就是原115师343团的战士。他们给吴绍发介绍了部队的现状，赠送了《115师师史》《343团团史》和慰问金、纪念品。他们还专门给吴老带来了他们的师史电视专题片和部队特意为吴老录制的他原来所在营、现一营官兵对他的敬语光盘。为吴老播放时，当他看到老部队的画面，特别是一营从营长、教导员到干部和新老战士代表每人给他讲的一段崇敬问候语时，红了眼圈，泛着泪花，激动得说不出一句话来。马奔副主任一行被吴老扎根边疆、甘于奉献的精神深深感动，表示回去后将进一步整理吴老的事迹，作为部队革命传统教育的活教材。

　　时隔61年，已经93岁的吴绍发，终于又见到了老部队的亲人，找到了家，吴老激动的心情可想而知。临别之时，马副主任问吴老还有什么要求，吴老摇摇头说："比起那些牺牲的战友，我已经很幸运了。没有共产党，没有共产党领导的人民军队，就没有我的今天，我很知足，没什么需要。"他紧紧握着马奔的手，久久不愿松开……

2015年，在隆重纪念抗日战争胜利70周年前夕，乌鲁木齐市米东区民政局工作人员，给吴老送来了一枚由中共中央、国务院、中央军委颁发的"中国人民抗日战争胜利70周年纪念章"。当民政局工作人员把这枚做工更加精美、浮雕形象生动，而且配有绶带的纪念章挂在吴老的胸前时，他当即整理绶带，双手抚摸着佩戴在胸前的纪念章，容光焕发，精神矍铄，是那种夙愿得偿的喜悦和满足。那几天，吴老总是喜欢把这枚金光闪闪的纪念章挂在胸前，在村里走动，让大家分享他的自豪心境。

2015年9月3日，是纪念抗日战争胜利70周年盛大阅兵日。这天，吴老早早地起床穿戴整齐，将前几日刚颁发的"中国人民抗日战争胜利70周年纪念章"挂在胸前，守候在电视机前等待观看庄严神圣的阅兵仪式。

阅兵开始后，虽然他双耳听不见，但他盯着电视机画面很专注。当他看到阅兵方阵走过天安门城楼时，腾地一下，就站了起来，敬起了军礼。

"阅兵过程中，我爸一直在敬礼，久久不愿放下。"他的女儿吴永红说。

那画面让吴老难掩激动之情，他想到了那些牺牲的战友，两眼泪汪汪地自言自语道："现在国家强盛了，可惜战友们没有看到这一天，现在军队武器装备多好，真是想不到啊！"老人带着无限的感慨，硬是坚持着把阅兵式看完。

除却泥土的掩埋，拂去岁月的尘土，回乡60余年来，吴绍发永葆本色的精神深深地感染了我们。

"现在日子好得没法说，天天像过年似的。没有共产党哪有我们今天的幸福生活，党的恩情咋报也报不完啊！"

采访中，每每听到这样的话语从这位让人尊敬的在乡抗战老兵嘴里说出来，泪水常常模糊了双眼，心灵一次次受到冲击和洗礼。

每当我们静下心来，回味品读吴绍发老人的人生历程时，总让我们生发无限感慨。尽管老人没有多少文化，当初对党的理解也非常朴素，但最耐人寻味的，最让人感佩的，莫过于他那份真心信党、永远跟党走的质朴情愫，还有他那历经几十载却始终如一的本质坚守，在坚守本色中升华的境界，在平凡人生中铸就的非凡。

吴绍发老人带给我们的，不仅是心里的感动，更是本色精神的传承。

习近平总书记在颁发"中国人民抗日战争胜利70周年"纪念章仪式上的讲话中充分肯定："所有投身中国人民抗日战争中的人们，都是抗战英雄，都是民族英雄""抗战功臣不会被忘记"。

抗战老兵不仅是一个个老兵，他们更是历史的一部分。这些抗战老兵的故事，为保卫祖国甘愿牺牲的精神需要更多的民众铭记；他们一辈子践行本色的精神，需要我们在新时期不断传承与创新，并在一代又一代人的手中传下去……

我们希望像吴绍发这样的在乡抗战老兵都能幸福地安度晚年，也期望全社会给予这些老兵更多的关爱与关注！

"南丁格尔"之歌

——记新疆首位国际"南丁格尔奖"获得者聂淑娟

2007年7月17日上午，中国红十字会代表国际红十字会在人民大会堂举行第41届南丁格尔奖颁奖大会。中共中央总书记、国家主席、中央军委主席、中国红十字会名誉会长胡锦涛出席大会，向新疆的聂淑娟、解放军的陈海花、辽宁的丁淑贞、青海的泽仁娜姆、澳门的罗小霞5位在人道、博爱、奉献中做出卓越贡献的护理精英们颁发了奖章和奖牌。中国红十字会会长彭珮云说，南丁格尔奖是国际红十字会设立的最高荣誉。我国自1983年首次参加第29届评选以来，先后有48名杰出的护理人物获此殊荣。2007年全世界仅有18个国家的35人入选。这5位获奖者是我国140多万护理工作者中的优秀代表。聂淑娟代表获奖者发了言，并紧挨着胡锦涛同志合了影。8月3日，由自治区副主席、新疆红十字会会长库热西·买合苏提主持，在新疆人民会堂举行了聂淑娟护理事迹报告会，笔者怀着非常崇敬的心情，慕名采访了她。

为了明天希望的太阳

聂淑娟小时候家住在自治区人民医院附近，对于头戴燕尾帽、身穿白大褂的白衣天使们充满羡慕与憧憬。1962年初中毕业时，父母希望她上高中以后考大学，而她却在医科大毕业的哥哥支持下考上了新疆医学院护理学校。当第一次上解剖课时，她和同学们都吓坏了，尤其是到了晚上，吓得都不敢睡觉，甚至还闹出了一些关于"鬼"的笑话……

由于她在校时品学兼优，毕业后留在了新疆医学院一附院的儿科当护士。护士长真挚地对她说，儿童是希望的太阳，儿科护理工作责任重大。为了培养与孩子们母子般的感情，要不怕脏、不怕累、不怕吵闹、不怕烦琐，小孩子拉肚子很频繁，所以平时要学会闻小孩子们的大便，看大便的颜色。如果闻到酸臭味就是消化不良，若闻到腥臭味就是痢疾。她牢牢记住了这些话，并认真实践着。无论上班还是闲暇时间，她都如饥似渴地学习护理知识，踏实和勤奋的作风使她很快获得了同事们与患者的好评。聂淑娟在实践中探索到了尽快提高业务水平的新途径，那就是在请教经验丰富的老护士，完成好常规护理的同时，积极争取机会跟随主治医师查房，聆听医师们对患者病情的分析，有时还千方百计地旁听会诊会，从而促使她的业务水平很快提高，不久便成了全院最年轻的护士长。在史无前例的"文化大革命"中，许多单位和部门都处于瘫痪或半瘫痪状态，而新疆医学院第一附属医院的工作基本正常，其中就有聂淑娟护士长的一份功劳。这位淳朴的护士长，任劳任怨，勤勤恳恳地带领护士们，克服工作量大、条件差、社会秩序混乱等重重困难，挽救了许多患儿的生命，圆满地完成了护理任务。因此她年年被评为先进个人，所在的单位也年年被评为先进集体。聂淑娟把她人生如花似锦的17个年华，都献给了儿科护理工作，其间感人肺腑的事迹犹如精彩的电视连续剧，在此仅摄取3个镜头以飨读者。

镜头一：

当时儿科分为两个病组，原则上各负其责。有一天她值夜班时，忽然听到另外一个病组的护士大喊一声："救人啊！"险情就是命令，她不顾自己有孕在身，毫不犹豫地向喊声冲去。由于水磨石地面很滑，她一个趔趄"扑通"一声重重摔倒在走廊上，但她仍然忍着剧痛咬紧牙关艰难地爬了起来向病房走去……经及时抢救，那位小孩终于转危为安，但她的尾骨却折断了。俗话说伤筋动骨100天，而忠于职守的聂淑娟，为了孩子们天天照常上班。因为不能坐下，整天站着书写护理文书，站着一丝不苟地做好护理工作，人们怜惜而又疼爱地称她为"我们站着的护士长！"

镜头二：

自治区气象局有位职工的小女孩叫丽丽，得了当时无法治愈的白血病，孩子的父母为此也失去医治的信心。年仅6岁的丽丽仿佛成了被遗弃的一只孤雁。聂淑娟看在眼里，疼在心上。她要让小丽丽得到应有的母爱，她要让小丽丽在人间温暖中离开世界。聂淑娟向丽丽付出了慈母般的情和爱：给丽丽买新衣服，买好吃的，买小人书；教丽丽唱《我们新疆好地方》《美丽的祖国是花园》；带丽丽到自己家里洗澡、洗衣、梳头、剪指甲；百忙之中还领着丽丽逛公园。尽最大可能让这位患儿体验着人间的真情……

镜头三：

有一次值夜班，聂淑娟发现就近病组的一位小孩呼吸很不正常，当她迅速跑过去一看，果然，这位一岁多的小男孩脸色青紫，生命垂危，而那位年轻的母亲睡得正香。这时她一边以灵巧的双手给孩子做人工呼吸，一边吩咐值班护士快去五官科求助。经过紧张的手术，喉科医师切开了孩子的气管后，孩子终于转危为安。当孩子的妈妈揉着惺忪的睡眼，看着自己的孩子脱险了，便情不自禁地"扑通"一声跪在聂淑娟跟前，潸然泪下地说："感谢护士长大姐，是您给了我宝贝儿子的第二次生命！"

奋战在救死扶伤第一线

新疆是中华民族的大家庭，聂淑娟的人生精华和巨大贡献是她对护理事业的忠诚。她的精神和护理事业早已融为一体，她以人道、博爱、奉献的红十字精神，全心全意地实践着医务工作者救死扶伤的天职。

1969年，自治区组织医疗队支援边远贫困地区的医护工作，聂淑娟争先报了名。大篷车颠颠簸簸一周行程2000多公里，来到了帕米尔高原的塔什库尔干县的热合曼公社，这里海拔4000米左右，山高缺氧，自然条件十分恶劣，被人们视为生命的"禁区"！

有一天，一位中年塔吉克族牧民骑马风风火火地奔赴公社卫生院求救。聂淑娟闻讯后立即同一位医生骑马启程，3个多小时才艰难地到达那里，经检查，患者属于胎位不正而难产。凭着她俩的医术，孩子终于生下来了，但由于折腾时间太长，婴儿脸色紫青喘不过气来，聂淑娟张开口将婴儿嘴里的黏液吸了出来。"哇！"婴儿终于发出初啼声，牧民们一个个感动得朝聂淑娟跪拜，年轻的聂淑娟心情也很激动，她深深地感到一个医务工作者崇高的使命。

有一位花甲之年的柯尔克孜族老大娘双手溃烂得令人不忍目睹，人们不敢接近她。当聂淑娟第一次给老人换药时，乡亲们都向这位年轻的城里姑娘投去诧异惊恐的目光。之后村支书悄悄地告诉她：这位老人患的是麻风病。这是一种很严重的传染病，对于一位如花似玉的姑娘来说难免产生心悸。

聂淑娟大半夜未能入睡，脑子里激烈的思想斗争着：如果继续给老人换药，她要冒着极大的风险；如果停止换药，那么老人更加受到人们的歧视。

这时，她想起了100多年前，南丁格尔率领护士们冒着生命危险抢救英国伤病员的情景，想起了当年白求恩大夫冒着枪林弹雨拯救中国伤员的生命，想起了许多具有南丁格尔精神的先行者们……于是她坚定了信念，继续给老人换药，天天不断。

爱心终于使石头开了花。经过9天坚持不懈的换药后，老人的双手一天天好起来，溃烂的皮肉没有了，长出了粉红色的新皮肤。

1986年，和田地区的洛浦县爆发了传染性肝炎，自治区人民政府要求各大医院组织医疗队奔赴灾区第一线抢救。作为新疆医学院一附院护理部领导的聂淑娟，义无反顾地第一个报了名。在她的影响下不少医护人员都报了名，积极请战上前线。

聂淑娟时刻不忘自己是一名共产党员，无论遇到什么事她都应该走到前面，所以哪里最艰苦就有她；哪里最需要就有她；哪里最危险就有她。

面对传染病极重的病人，她没有丝毫的畏惧和退缩，将药丸一粒粒地喂进病人的嘴里，将饭菜一勺勺地喂进病人的嘴里。简陋而窄小的乡卫生院一下子住了80多位病人，显得十分拥挤，只能因陋就简。没有床位，只好打起一排排地铺，在土墙上打上一排排木桩当作吊盐水瓶的架子，打针时只能双腿跪下进行。

护理这么多病人却只有她与两位护士，她们只好24小时连轴转。眼睛熬红了，嗓音嘶哑了，嘴唇上起了血泡，人也消瘦了一大圈，但是当她们看到重危病人从昏迷中苏醒后，那充满无限感激的目光和流淌的热泪时，她们感到了极大的欣慰。

当聂淑娟一行圆满地完成救死扶伤的光荣任务告别时，乡亲们全都出来送行。有的献上了小花帽，有的双手捧着热乎乎的鸡蛋，有的边唱边弹起了冬不拉，有的跳起了欢快的民族舞。那血浓于水的手足之情，那感人肺腑的场面，让她永生难忘。

新疆医科大学第一附属医院是新疆最大的医院，许多高、精、尖的医疗手术大都在这里进行。如肾移植手术、肝脏移植手术、异基因骨髓移植手术、心脏手术等。作为护理工作领头雁的聂淑娟，在各种大手术的特级护理方面，率领同事们周密而精细地制订了一系列行之有效的护理方案，为这些高难度手术的成功做出了贡献，积累了宝贵的经验。

尤其是2003年"非典"肆虐时，聂淑娟不顾年事较高和身体有病，毅然投入到突击建立发热门诊的工作中，她率领各科护士长对病房格局进行了科学的设计。从打通墙到封堵，从物品摆放到隔离用具的落实，每一项工作都要亲自上阵，汗水湿透了衣服，血压升高到160/180mmHg，双脚肿得像面包，但仍然坚守在抗击"非典"第一线。

"病人的利益高于一切！"这就是聂淑娟的人生哲学，这就是聂淑娟的高尚情操，这就是聂淑娟坚守的南丁格尔精神！

勇攀护理事业新高峰

聂淑娟在护理工作中的贡献，不仅在于她精湛的护理技术和高尚的医德，还在于她为医护事业奉献了多部珍贵的护理学术著作，其中有的成了大中专护理院校的教材，更多的与护理实践密切结合应用于临床。

1982年时，国家开始实行护理高等教育，给西北五省区各1个名额，已经是两个孩子母亲的聂淑娟经过艰难的复习后，考上了沈阳医专高等专修学校。她十分珍惜这来之不易的学习机会，为了学好各门功课，她废寝忘食，为一道习题不厌其烦地一遍遍演算，直到搞懂算对为止。由于痴迷学习，在她身上还出了一个笑话：有一次，为了记住英语单词，在去上厕所的路上她也全心背记，由于精神过于集中，竟走进了男厕所。她就是以这种顽强的精神圆满地完成了学习任务。

聂淑娟去学校报到时母亲就病了，检查后确诊是胃癌，为了让她在外安心学习，家中隐瞒了这个消息。几个月后她突然收到家中邮去的一封厚厚的信，打开一看是一块黑纱……在母亲生命的最后日子里，却未能亲自护理一次自己的母亲，聂淑娟万分内疚。

聂淑娟既有着丰富的护理经验，又有着丰富的学术理论。

1994年5月，她就参与编写了31.5万字的《护理统计学》。

1999年春天，她参与和指导了《医院感染监控管理手册》的编写工作。

2000年4月，在《新疆医科大学学报》上发表了《对我院三年护理业务查房记录的统计和分析》和《影响护理质量诸因素的分析及对策》。

2000年7月，她与代亚帕主编了30万字的《实用护理诊断》一书，荣获"第五届全国护理科技进步二等奖"。该书包含了中外护理科研在护理诊断方面的最新成果，同时结合新疆开展整体护理工作的许多临床经验，并增加了部分健康教育的内容，是临床开展整体护理、进行护理专业继续教育等方面一部很好的专业指导用书。

2001年3月，她在《农垦医学》上发表了《实施竞聘制选拔护理管理人才的必行之路》；同年又在《新疆医学》上发表了《提高护理素质和完善护理服务是减少医患纠纷的重要途径》。

2002年，她的论文《改变灭菌包外包装对延长无菌周期的可行性研究》荣获自治区第七届自然科学论文三等奖；同年她又在《新疆医科大学学报》上发表了《实用护理诊断规范使用的系列研究》。

2003年9月，她与李惠主编了《护理文书书写指导》一书。因为医护文书在维护医患双方利益、科学公正地处理医疗事故争议方面尤为重要。它不仅是护理、教学、科研的基础资料，也是司法部门判断医疗事故的科学依据，所以指导正确规范书写护理文书的著作，具有较高的使用价值。

2005年起，新疆护理学会和护理质控中心受自治区卫生厅的委托，组织全疆各大医院的著名护理专家，编撰了六册100多万字的护理手册，身为新疆护理学会理事长的聂淑娟，自然成了义不容辞的领衔者，她是一、三册的主编，二、四册的副主编。

聂淑娟不愧为新疆护理界的领军人物。她的一系列护理著作极大地充实了新疆的医学宝库。

建设一支高素质护理队伍

自1997年金秋，聂淑娟担任中华护理学会常务理事、新疆护理学会理事长以后，她念念不忘自己神圣的使命，在建设现代化护理队伍方面可谓是殚精竭虑，呕心沥血。

通过深化改革和不断地开拓创新，提高了"三主一家"的整体功能和业务水平。聂淑娟的视野不仅限于新医大一附院，而是胸怀全疆的护理事业。

她怀着南丁格尔的无私奉献精神，不顾山高路远，不顾严寒酷暑，风尘仆仆地奔赴天山南北全疆各地，由她主持举办了30多期护理学习班，年年举行全疆护理论文交流会。恢复了西北五省区的护理学术交流活动，她组织高级护理人员参加全国及国际的学术交流。

聂淑娟孜孜不倦地努力和锲而不舍地追求，近10年来，全疆有10000多名护理人员受过她的教诲。

让人钦佩的是，她每到一地都不顾路途的劳累，亲自登台讲课，由于她不但具有丰富的理论知识，而且又有丰富的实际工作经验，同时又善于深入浅出地理论联系实际，所以她讲的课绘声绘色、精彩动人，获得了全疆广大护理工作者的尊敬和爱戴！

护理人员肩负着事业和家庭的两副重担。聂淑娟经常利用在外地指导工作或讲课的机会，深入了解护理人员的工作、生活、婚姻和家庭情况，为他们排忧解难，并力所能及地解决一些困难。

新医大一附院有一支由11个民族组成的近千人的护理队伍，聂淑娟鼓励姐妹们自立、自强、自尊、自爱。在她们受到不公正待遇时，聂淑娟就会挺身而出，维护她们的利益。

有一次，聂淑娟参加新医大的分房办公会议，分配方案中明确规定：名医、学科带头人优先；教授、专家照顾，中层以上领导重点考虑，这样算下来，护理人员的分房机会就很少了。见此景，聂淑娟站出来据理力争，最后，会议上终于决定给护理人员增加7套新楼房。

南丁格尔的思想精髓是爱

当年宋庆龄先生曾说过："南丁格尔的思想精髓只有一个字，那便是'爱'。"聂淑娟在40多年的护理事业中，充分诠释了"爱"的含义。1989年10月，儿科护士马光英，在怀孕半年时不幸患粟粒性肺结核扩散并发结核性脑膜炎，这是严重的传染病，时任院护理部副主任的聂淑娟心急如焚，会诊后，她周密地安排了特别护理，在百忙之中为马光英做饭送饭，晚上又守护在病床前喂药喂水喂饭，时时刻刻关怀着患者的安危。当病魔残酷地夺去了马光英年轻的生命时，聂淑娟含着泪为逝者擦洗、穿衣、化妆。

2000年春天，老护士康改屏胆囊癌到了晚期，聂淑娟天天守护在患者跟前，女儿的婚事也委托亲友去操办了。当病魔无情地夺去了康改屏的生命后，也是聂淑娟帮助处理了后事。

护理部副主任阿依木汗，是聂淑娟一手培养起来的优秀护理人才。2003年12月起，阿依木汗咳嗽不断、腹部肿胀，经本院诊断为恶性淋巴瘤。估计医疗费用要30万元，这无疑是个天文数字，聂淑娟在全院为她募集资金，当阿依木汗的丈夫接过5.2万元捐款时，激动得热泪滚滚，哆嗦着嘴唇不知该说什么好……

阿依木汗做了自体干细胞移植手术。在住院的一年多时间里，聂淑娟为阿依木汗的康复费尽心血。采访中，阿依木汗满怀感激地说："是聂大姐这样一批具有南丁格尔精神的医护工作者们给了我第二次生命！"

采访结束时，新疆医科大学一附院党委书记简党生情真意切地说："聂淑娟获奖的荣誉和意义不仅是我们医院的，是属于新疆、属于整个中华民族的！"院长温浩教授又补充道："聂淑娟不愧为我国护理战线上的一面旗帜，她忠贞不渝地弘扬的南丁格尔精神，是我们建设护理事业、营造和谐社会宝贵的精神财富！"

爱心擎起生命的太阳

2003年，家住新源县的温自学被查出患有肝硬化，医生明确表示，只有进行肝移植才能保住生命，由于一直找不到合适的肝源，温自学无法实施肝移植手术。2007年7月初，温自学的儿子温智渊提出要为爸爸捐肝。10月23日，温自学父子俩手握手被推进了手术室。在当天14个小时左右的手术中，温智渊的半个多肝脏顺利移植到了父亲的体内，取代了父亲已经是"石头状"的肝脏。18岁的温智渊被认为是全国年龄最小的为父亲捐肝的孩子，也是年龄最小的活体肝移植捐献者。

乌鸦反哺羊羔跪乳，一个情动天地的儿子，一位命运多舛的父亲，共同谱写了一段可歌可泣的故事……

病魔无情人有情

温自学在新源县工作。1982年高中毕业后，他从河南省应征入伍，在新疆军区某部服役，在服役期间曾多次立功受奖，后转业到伊犁新源县成为一名优秀的政法干警。妻子高丽从事会计工作，儿子温智渊是个品学兼优的高中二年级学生，即将面临高考，这是一个幸福而温馨的家庭。

然而天有不测风云。自2000年开始，在部队曾有乙肝病史的温自学外出执行任务时便时常感到右下腹部疼痛，当时以为可能是劳累所致，凭着年轻力壮的身体，只要休息休息也能撑过去，所以就没太在意。然而两年后状况不但未见好转，反而有所加重。为了工作，他依然坚守岗位。爱人高丽是位细心人，看他状况不对劲，便硬是拽他去新源县人民医院进行了检查，初诊为肝硬化。考虑到县医院设备和技术较差，有可能是误诊，于是夫妻两人又于次日坐车到伊宁市，在伊犁州友谊医院进行复查，结果确诊为肝硬化。这一年，温自学38岁，正值人生的黄金时期。消息传来，一家人及亲友顿感天塌了一般。温自学也面临着巨大的心理压力。这时，妻子对他说："你是家里的顶梁柱，我们全家就是砸锅卖铁也要把你的病治好！"妻子的坚强和积极乐观使处于人生低谷的温自学获得了战胜病魔的勇气和信心。

为了给丈夫治病，高丽毫不犹豫地取出了家中全部积蓄12万元，陪同丈夫一起踏上了千里求医之路。可以说那段时间里为了治病，夫妻俩没少求人。而温自学的病情也时轻时重，钱用掉了不少，但疗效仍然不佳，其中有专家认为病情比较棘手，常规治疗效果不佳，建议采用肝移植手术的方案。但当时没有合适肝源，等也不是办法，所以夫妻俩只好打道回府。

回来后，温自学的病情又加重了，甚至有时还会昏迷，醒来的时候心情又时好时坏，变得有些急躁不安。作为妻子，高丽看在眼里疼在心上。但高丽还是以明智、豁达的态度，一边积极鼓励丈夫满怀信心地同病魔做斗争，一边认真学习打针、按摩、护理等急救措施。她用自己所能做到的一切，抚慰和温暖着丈夫……

2006年的春天开始，温自学的病情开始恶化，并出现了严重的肝腹水症状，这是令人揪心的病危症状！看到这种情况，高丽往往是在丈夫面前乐观积极，但背地里却只能以泪洗面，将苦涩和泪水往肚里咽。好在住院期间，温自学所在单位新源县政法委的领导和同事们向他伸出了热心的双手，并对他的治疗给予了重视和关怀，新源县政法委的领导还与州友谊医院共同协商医疗事宜，并根据他的病情，决定将其转往新疆医科大学第一附属医院进行肝脏移植手术。

然而肝脏移植手术所需的肝源又从何而来呢？

温自学在河南与新疆有4个兄弟，但对于捐肝可能面临的具体后果都缺乏心理准备，只是表态愿意在经济上给些帮助，再说肝移植手术目前在社会上还不多见，很多人难以接受也是可以理解的。而对于这一局面，温自学表示可以理解，因为说句实在话，作为各自家中的顶梁柱，在温自学患难之时，几个兄弟能做到在经济上帮一把就已经不容易了，在手术不能确保百分之百成功的情况下，万一因为自己而给兄弟家庭造成损失，这对温自学自己来说，从感情上也是不能接受的。

高丽不愧是一个好妻子和一个好母亲。面对困境，她没有选择退缩和哭泣，而是在自己家中召集父母、兄弟、姐妹们开了一次家庭会，向大家明确表示要将自己的肝脏捐一部分给丈夫。当时大家听了都非常惊讶，沉默了几分钟后，母亲与小妹妹抱住她哭成了泪人。

2006年10月9日，在事先联系好的情况下，温自学同妻子高丽一起奔赴乌鲁木齐市，顺利地住进了新疆医科大学第一附属医院的肝肾移植科病区。

入院后，高丽背着病危的丈夫，恳求肝移植腔镜外科副主任张金辉移植自己的肝脏给丈夫，在了解了她的情况后，张教授认真而又严肃地建议她从自身和家庭各方面认真考虑好，同时医院也将就配型等方面做进一步研究才能做出决定。

当父亲病危需要做肝移植手术的消息传到儿子温智渊耳中后，他再也坐不住了。第二天，他就买了一本关于肝病诊断与医疗方面的书仔细阅读研究，虽说没有完全吃透，但基本上可以领会。从书上他了解到：若是近亲移植者排异反应则小，自然成功率就很大。并说如果献肝者是年轻人，那么肝细胞的繁殖生长强，在营养和生活条件良好的情况下，只需要8—10个月就可以康复，对人体的生理功能影响很小，或者基本上没有影响。这给了他很大的启发，他萌生了一个大胆的想法：自己给父亲捐肝！

也许这是母子之间的心灵感应，也许是意念的巧合 …… 就在高丽向张教授恳求把自己的肝捐一部分给丈夫的那天下午，她接到了儿子打来的电话。

"不行！明年你就要考大学了，必须在校安心好好学习。"高丽斩钉截铁地对儿子说，"这是大人考虑的事情，你小孩子不要凑热闹添乱 …… "

"妈，你不能捐！因为这个家现在非常需要你，如果你的身体垮了，我们家也就全垮啦！"儿子坚持道。停了几秒后，他又平静地对高丽说："妈，从医学的观点分析，父子的血缘最近，由我来捐更有利于爸爸身体的早日康复。"听到这里，尽管觉得儿子说得有一定道理，但出于母爱的本能，高丽没有再听儿子说下去，而是挂断了电话。她不能让儿子冒这个风险，这是母子俩的第一次争论，尽管有些激烈，但在那一刻我们可以感受到，血缘、亲情却是显得那么的高尚而珍贵！

几天后，再次化验的结果却发现高丽患有肝胆炎症，尽管很轻微，但从肝移植的医学技术要求来讲，不能有一丝一毫的勉强和凑合。

这一结果让她感到既失望又无奈。那天，她在被窝里难过得不知哭了多久……

割肝救父诚可贵

10月15日，远在家里的儿子温智渊在给妈妈打完电话后，为了尽快拯救爸爸的宝贵生命，温智渊向学校请了假，简单收拾了行李，然后从姨妈那儿拿了些路费，就踏上了开往乌鲁木齐市的夜班车。

当车行驶在路上时，车上的旅客都进入了梦乡，而满腹心事的温智渊却翻来覆去怎么也睡不着，他的脑海里像放电影似的闪现出一幕幕童年时代和父亲的那些难忘的镜头……

出生于1989年3月16日的温智渊，才刚满18岁，身高1.78米的他虽然比父亲高出半个头，但却只有51公斤，处在发育阶段的身体看上去显得相当的单薄。次日上午，在肝移植病房办公室里，当他微笑着要求专家医生们将自己的肝脏捐给父亲时，专家们犹豫了，若切除半个肝后，会不会造成出血过多？会不会出现肝功能衰竭？会不会影响今后的身体发育？因为这是我国至今的1000多例肝移植手术中年龄最小的捐献肝源者。责任重于泰山，这些万一可能出现的情况，时刻缠绕在肝移植专家们的脑海里……

"爱祖国、爱人民是从爱自己的父母开始的。世界上没有父亲哪有儿子，我拯救父亲的生命是天经地义的，我的肝脏也是最合适的！"在医院论理处召开的献肝论证会上，温智渊振振有词地说道。然后他又满怀深情地说："从医学知识的角度讲，对我是没有多少影响的。我一定能够同爸爸一起愉快、幸福地生活在这个世界上！"温智渊的肺腑之言让在场的人感动万分。

当病危中的温自学知道儿子要给他捐肝时，火冒三丈、大发雷霆，甚至对着肝移植专家们的面争辩说："我的儿子来到这个世界上就有生存的权利，我们做父母的只有让他生活得更幸福的义务，而没有让他在这样的年龄，就以这种残酷的方式来报答的责任！"这位一贯坚强的军人出身的政法干警，竟然哽哽咽咽地哭出声来。当他哭过后便拒绝服药、拒绝吃饭，甚至当陪护者不注意时，拔掉了输液的针头。为此，母子俩不知所措，急得似热锅上的蚂蚁。

因为这是一个特殊的病例，所以引起了医院的高度重视。院长温浩教授百忙之中来到温自学的病房，经过零距离的恳切交谈后，使患者缓和了激动的情绪。同时，肝移植腔镜外科副主任张金辉、赵晋明等教授、专家们，不厌其烦地一次又一次向他讲述一例例肝移植成功的实例；广大医务人员也和颜悦色地轮流做他的思想工作，问寒问暖、体贴入微。几天后，温自学终于微微地点头，同意接受儿子捐肝的移植手术。

10月22日凌晨，患者出现了严重的昏迷，温院长闻讯后迅速赶到病房，紧急会诊后果断地说："必须两天内做手术，否则后果不堪设想！"于是，按照我国医疗法律的规定，母亲高丽陪着儿子温智渊去医院所在的乌鲁木齐市新市区公证处，办理了自愿捐肝的公证手续。

由于患者几年来奔赴内地到处求医，先后共计花掉了30多万元。这次来乌鲁木齐时，为凑住院费已是倾家荡产，不得不忍痛地将80.29平方米的住宅楼以4万多元的低价出手卖掉了，又加上几样值钱的家具卖掉后，方才凑了5万元，但离所需的手术费用仍相差甚远。为此，高丽的父母和九位兄弟姐妹们尽自己所能，数千元、上万元地慷慨解囊……

同时，温自学的病也引起了新源县领导们的高度重视，政法委的同事们，当年的战友们都义不容辞地纷纷伸出了爱心之手。但那里毕竟是偏远的贫困地区，人们往往心有余而力不足。钱不论多少，而精神同样是可贵的。同时，新源县社会保险局也义不容辞地尽心尽责，他们特事特办，一次性拿出3.5万元。

好在患者温自学有幸遇上了阳光灿烂、政通人和的社会主义新时代。新疆医科大学一附院不愧为全疆各族人民群众生命的保护神，他们不仅以精湛的医术尽心尽责、冒着风险做高难度的手术，而且以高尚的医德和情操奉献了浓浓的爱心。在医院党委的倡导下，广大医务人员纷纷伸出了爱心之手。尤其是德高望重的心血管专家、自治区人大常委、全国人大代表何秉贤教授捐献了1000元。榜样的力量是无穷的，在何教授的模范行动影响下，两天之内就捐献了1.5万余元。当温自学夫妻接到这笔沉甸甸的捐款时，哆嗦着嘴唇说不出话，那刻骨铭心的感激之情是无法用语言和文字形容的。

10月23日，阳光灿烂，温自学的病房里尤其使人感到温馨。10时58分，父子俩亲亲热热地拥抱后，分别被护士推进了只隔一道玻璃屏风的手术室。此时此刻，作为母亲和妻子的高丽心头如压上了千斤巨石，与千里迢迢赶来的几位亲人和战友，在手术室外惶惶不安，一分一秒都显得那么漫长……

手术由温院长亲自主刀，张金辉教授、赵晋明教授和华西医院前来取经的严律南教授做助手。这样高规格的手术阵容在新疆是实属罕见的，自然给患者与亲人带来了一定的信赖和安全感。

约12时，带着儿子体温的半个鲜活的肝脏被顺利地移植到了父亲的腹腔内。经过14个小时的奋战后，手术终于获得了圆满成功。

手术后的第二天，温智渊就给爸爸妈妈传了字条："我很好，请妈妈安心睡觉吧，爸爸怎么样了？"

温自学也给一墙之隔的儿子回话："爸爸也很好，我深深地感到内疚……"

"爸爸，我可以下地行走了，哈哈，就等您快快康复了，您一定要保持军人的坚强本色！"

"我的好儿子，咱俩共同坚强地生活吧！

"爸爸，出院以后，再也不许您喝酒了！"

"儿子，我一定听你的话……"

手术后的几天内不许走动，父子俩以纸条相互传递着手术成功的喜悦，也传递他们源源不断的亲情。

佐助温院长主持这例重大手术的张教授向笔者介绍："肝移植手术的难度很大，我国有的省、市、自治区尚未开展。因为我们医院有一批优秀的胸外科专家，又具备相应的高、精、尖医疗设备，所以在近几年中获得了20多例肝移植成功的经验。由于这些积极因素，促使这例手术十分成功，为父子俩早日康复创造了有利条件。由于肝细胞的繁殖能力很强，捐肝者又处于生长发育的旺盛期，所以捐肝者两周时间就可以出院了。出院以后的关键是要控制激素排异药物用量和提高蛋白合成功能，同时注意营养和休息。"

其实，这例手术的意义早已超过了手术本身：不仅创造了令人瞩目的医学奇迹，而且铸就了亲情如山、坚如磐石的生命之歌！

大爱无疆价更高

温智渊虽然是个初涉人世的小青年，却以卓尔不群的道德品质为人们所钦佩。他不仅将浓浓的爱心献给了自己的父亲，而且将自己的爱心奉献给了无亲无故的兄弟民族同胞，特举两个事例以飨读者：就在一年前，温智渊所在的学校有位哈萨克族学生急需输血，但是新源县人民医院的血库里没有所需的血型。当温智渊知道后，便同几位志愿献血的同学风风火火地奔赴医院。因为他比较纤细而瘦弱，被血库的医生婉言谢绝了。为此，他闷闷不乐了好几天。

2007年11月1日12时许，也就是他父子俩手术后的第九天，两位身穿白大褂的年轻医师代表医院影像科的同人们，将5000元的捐款放在了温自学的床头。当时儿子也在场，三口之家的感激之情可想而知了。当捐款人离开病房后，温智渊心中爱心的砝码又向他人倾斜了，他以商量的语气对父母说："我们家固然很困难，但其他患者也有同我家一样困难的，最好我们收一半，另一半让给别人吧？"当父母听了儿子的话后，非常赞同。

接着，母亲询问儿子："那究竟让给谁最合适呢？"温智渊虽然到医院仅仅半个月，但从肝移植科的医务人员那儿了解到，在以往肝移植手术中，有一位28岁叫艾山江的维吾尔族青年，家住边远贫困的喀什地区，检查后确诊为肝硬化、脾脏肿大、伴有严重的肝腹水。这家人的可贵之处在于尊重科学，支持亲妹妹为哥哥捐肝。妹妹比哥哥小4岁，身体十分健康，一切内脏都非常正常。2005年9月8日，艾山江的手术非常成功，尽管在医疗费用方面给予了极大的照顾和优惠，但因为手术后兄妹俩暂时不能参加重体力劳动，而且其父母年老体弱多病，所以家庭生活的艰难不言而喻。因此，温自学夫妻支持儿子将2500元钱转让给同病相怜的艾山江。当艾山江从南疆来医院复检，双手接过这笔钱时，激动得热润盈眶。

高丽看着儿子身体康复很快，在庆幸与喜悦之中也流露出几分遗憾。她说："我的儿子，你以后可能报考不了军事院校了。"

"考不了军事院校还可以考其他的院校，同样可以为人民服务，同样可以实现人生的价值……"儿子笑嘻嘻地拍着妈妈的肩膀安慰着。

这时，正在病房进行采访的笔者坦率而诚恳地说："现在高中的学业很重，温智渊刚刚做完手术，为了身体，不宜承担过重的压力，应该向学校申请休学一年。"对此，全家人不约而同频频点头。然后，笔者又建议道："2009年高中毕业高考时，温智渊第一志愿填报新疆医科大学的临床医学专业。因为温智渊已经给他们留下了深刻而美好的印象，相信凭着温智渊优秀的道德品行，将来一定会成为一个好医生，所以在录取时他们会酌情优先考虑的。"

他们全家都一致表示赞同。温智渊动情地说："是新疆医学院给了我父亲第二次生命。若有幸考上了新疆医科大学，我一定努力学习，本科毕业以后考温教授的硕士研究生、博士研究生，勇攀肝脏、肾脏移植医术的新高峰，誓做新疆各族人民群众生命的保护神"。

这是中华民族历来所提倡的大爱无疆的奉献精神，笔者深受感动。然后满怀激情地在温智渊的三好学生纪念册上写下了两行诗句："捐肝救父诚可贵，大爱无疆价更高！"

温智渊年方18周岁，正是人生的花季，来日道路方长，你对亲情忠贞不渝、大爱无疆的故事已让很多人感动，希望走好今后的每一步，并衷心地祝愿好人一生顺利、一生平安！

中流砥柱新烟人

——红云红河集团新疆卷烟厂维稳、双拥工作纪实

　　无论是一个国家、一个民族或一个地区，也无论是过去、现在还是将来，总有那么一些人，他们背负起历史使命，承载起那份责任，在祖国和人民最需要的时候，他们总是冲在最前面。他们是一面旗帜，在祖国的上空高高飘扬；他们是民族的脊梁，为一方百姓撑起一片广阔的蓝天。而本文要讲述的新烟人就是这样的一群人。

　　红云红河集团新疆卷烟厂，这个自治区的大型重点企业，自治区十佳纳税大户，奎屯市的经济支柱。在2005年10月被中央文明委命名为第一批"全国文明单位"之后，2009年再次被中央文明委命名为"全国文明单位"。无论是在繁华的都市，还是在偏僻的乡村，在西部新疆的天山南北，到处都有"雪莲"的芬芳和清香。我们已经说不清是新烟人成就了雪域高原上的雪莲，让她名满天下，还是冰清玉洁的雪莲给新烟人带来了福音，让他们走向辉煌。但有一点是共同的，她们都以那高洁的灵魂和宽广的情怀，给这个社会和人民奉献了无尽的精神和物质财富。

　　新疆卷烟厂以它雄厚的经济实力，现代化的企业形象享誉疆内外。1998年以来，累计销售收入高达102亿元，累计实现利税60亿元。特别是2008年11月加盟红云红河集团后，其经济效益更是突飞猛进，进入历史最光辉时期，仅以2009年为例，当年生产卷烟27万箱，单箱利税

4969.75元，当年实现利税13.4亿元，创造了历史最好水平，职均利税居全疆之首，为自治区、自治州及奎屯市的经济建设做出了巨大贡献。

事实上，人们只知道新疆卷烟厂是一个管理先进，实力雄厚的现代化企业，但对于他们还有一支训练有素、装备精良的预备役部队却知之甚少。新疆卷烟厂多年来就是军企结合的自治区"民兵预备役部队基层建设先进单位"，奎屯市"双拥共建先进单位"，不仅承担着该地区经济支柱的责任，同时还承担着该地区维稳的重任。现在，就让我们走近新疆卷烟厂，来看一看她鲜为人知的军人风采吧！

企业像军队

说他们企业像军队，不是因为他们最初是兵团人，也不是因为他们有一大批复转军人，而是因为他们有一支正规的、训练有素的正规化预备役部队和一支精干的应急分队。

企业安置复转军人是他们的一贯传统，新疆卷烟厂每年都会接收复转军人并安排岗位，从20世纪80年代中期至今，已安置复转军人157人。

复转军人在这个企业里已经成为一支重要的中坚力量。在新疆卷烟厂5个上层干部中，2个是复转军人，在48个中层干部中有16名是复转军人，复转军人在管理干部中占三分之一以上。这不仅为国家、政府解决和减轻了安置压力，同时，由于这些复转军人政治素质高，作风过硬，不仅为企业的发展做出了应有的贡献，也为自我发展提供了契机，同时也为企业营造了浓厚的军营文化。

新疆陆军预备役师第三团高炮营营部就设在这里，他们厂有一个连和一个营机关的编制，营机关共计36人，他们厂就占了31人。就是说他们除了指挥自己的一个连队，同时还要指挥另外两个连队。在这个军营里，厂长张树山的办公室挂着两块牌子，一块是"新疆陆军预备役师第三团副政委"；另一块牌子为厂"党委书记、厂长"。高炮营和高炮连的办公室在各自对面，在这里我们还看到了给部队设置的值班室、教室、队部等一应俱全的配套设施。在高炮营、连的办公室里有红彤彤的"高炮营""高炮连"军旗、各种军事任职人员图表以及军事地图等。

在他们的装备库里，我们看到的是和正规军队同样正规的军事装备。他们每个预备役人员的行李都是按姓名、编号摆放整齐的，头盔、盾牌、锅碗瓢盆、压缩干粮一应俱全，一旦遇到紧急情况，他们可以在几秒内准确地找到自己的行李和装备，一分钟内整装待发。特别是他们的装备架，新疆军区、预备役师等军事领导参观后都感叹地说，这比许多正规军队的装备架都要正规。

新疆卷烟厂5名主要领导中有4位都在预备役部队中任职：厂长张树山任第三团副政委，副厂长陶新任高炮营教导员，副厂长程振西任副营长，副厂长朱福桢任营医务所长。唯一没有任职的是副书记、副厂长白九重，而实际上不但每次部队行动中有他，每次慰问活动中有他，就连部队军事演练中也有他。他不仅亲自指挥，还亲自参加演练，进行实弹射击。实际上5个领导班子成员都直接参与了预备役部队的工作。

为了提高预备役人员的整体素质，提高战斗和防范突发事件的能力，2009年8月5日至21日和9月15日至30日，该厂共计62名预备役人员到步兵三团参加了两期共31天的驻训。驻训期间，主要完成了队列、体能、军体拳、警棍术、警棍盾牌术、战备基础、防爆队形、防爆综合演练等科目。全体人员不怕苦、不喊累、严格服从部队管理，高标准地完成了各个科目的训练任务。此外，在驻训期间，还担负全天的执哨任务。每名哨兵都能做到按时上哨，在哨位上尽职尽责，在保证训练的同时，圆满完成了值哨任务，得到了部队领导的高度赞扬。而像这样的驻训和正规化练兵，从他们成立预备役部队以来，每年都有几次。

"军徽闪闪军号响，我们是人民的武装……"伴随着嘹亮的《新疆预备役师之歌》，预备役战士们开始了他们的军旅生活，军营把他们联系在了一起，拧成了一股绳，奋发图强，向着光荣和信仰努力向前！编织出了新疆卷烟厂员工的精神风貌，同时也彰显了新烟人保卫国家、保卫家园的坚定信念！

在训练期间，步兵三团高炮营教导员、副厂长陶新，双三七高炮连指导员、厂效能监察办公室主任李燕军，司务长、雪莲公司经理薛立新前往慰问全体参训人员，并送去慰问品。他们既是企业，又是部队，他们经常就是这样：既是慰问者，又是被慰问者。

军人出身的厂效能办主任李燕军是高炮连指导员，他对他们这支威武之师更是充满了自豪和骄傲，他说他们这支部队的主要专业技术人员全部是从部队转业的人员：厂里小车队的所有司机，包括队长都是从部队上转业的司机，他们同时又担任着预备役部队的司机；他们的炊事员也是清一色从部队转业的炊事员，可以说全部都是专业对口。他们受部队专业训练多年，经验丰富，技术熟练，每次拉练野炊，别的部队还没把火点着，他们都已经吃上饭了。他们反应迅速、敏捷的军事作风也格外受到上级的重视。在2009年"7·5"事件之后的9月5日，在团部的作战地图上，他们作为平息可能再次发生暴乱的部队准备随时调往乌鲁木齐市防护北门片区。当时给他们每人都准备了一顿干粮，行军路线都已确定，后来因事态逐渐平息才取消了这次部队调防。这支部队虽然没能出征，但他们始终在肩负着维护新疆稳定的神圣职责，他们在准备着，随时等候着祖国的召唤。这支"一边搞经济，一边搞稳定""一手拿扳手，一手拿枪杆"的部队，为了新疆和奎屯地区的稳定发展，已成为一支不可或缺的军事力量。

除了预备役一个整连和一个营部的编制，新疆卷烟厂还有一个45人组成的应急小分队，全部由武警军转人员担任。因为预备役属部队编制，担负着保卫国家安全的使命，要随时听候预备役三团团部指挥，厂里没有直接指挥权，而保卫厂区、保卫烟库，保卫市区安宁的任务就直接落在应急小分队的身上。这支小分队属市武装部领导，队长吴兴元既是厂里的保卫科长，又是预备役三团高炮连副连长，这位同样是军人出身的保卫干部，一身的军人气质和干练，每次外出执行安保任务都是由他带队。由于他们的训练有素，每次都能出色地完成任务。

"7·5"事件发生后，这个应急小分队日夜守护着厂区和烟库，他们军事素质高，纪律严明，行动迅速，有什么紧急任务，他们都可在三分钟之内人马全部到齐，并且全副武装，列队整齐，立即整装待发。在"十·一"期间，伊犁州党委常委、奎屯市委书记、同时兼任预备役团政委的赵永龙同志晚上到烟厂检查，在他到达烟厂的一分钟之内，15名执勤人员立即全部到齐、全副武装，让赵书记感慨万分。那一晚他检查了好几家，有的半天连门都叫不开，只有烟厂的人员能达到这样的速度，也只有烟厂的安全保卫工作最让人放心。

应急小分队的任务不仅是保卫自己的厂区，他们还有维护市区安全的维稳任务。在"7·5"期间，他们随时听从市武装部的通知，参加市公安、武警的搜捕、围堵、警戒等任务。为了不影响正常生产，他们经常是不分昼夜地轮流巡逻，主管安全的陶新副厂长经常是夜里值班，白天还是正常上班，保卫科长吴兴元经常是连轴转，晚上代班，白天正常上班。

"7·5"以来，在奎屯市"维稳使命1-12行动"中，他们执行了奎屯市统一的设卡检查、沿街巡逻、大清查、应急训练等任务。在这些行动中，他们共计出动20次，每次30人，共计600人次。市武装部但开能参谋告诉笔者，每次行动，烟厂的行动都是最迅速的，他们人员也到得最齐，每次都30个人，一个不少。他们管理非常严格，完全按照军事化进行管理和训练。他们的装备最整齐，防爆器材最齐全，从来没有因为厂里的事情而影响整体行动，每次都是烟厂和城管的应急分队表现最出色，而他们是业余的，城管是专门负责保护城区安全的，他们的精神是极其难能可贵的，这充分说明烟厂领导的高度重视和大局观念。

烟库可以说是新疆卷烟厂重中之重的要地。这里离市区六七公里，周围没有一户人家。从7月5日至10月5日的3个多月，驻守在这里的27个人从没有回过家，没有和亲人团聚过一次。他们每周三次定期进行各种预案演练和高强度军事化训练，他们军事化素质和反应速度早已达到专业军人水平，为保卫烟厂的大后方他们无私奉献。他们值完夜班上白班，经常抽调人员参加市里的统一行动。尽管后来形势好转，驻库人员逐步减少，但他们没有撤销戒备状态，仍保持高度的警惕。

在维稳形势严峻的2009年，新烟人这支训练有素、纪律严明的部队经受住了考验，实践证明，这是一支能征善战，拉得出、打得赢的一支部队，他们为奎屯地区的稳定发挥了重要的作用，在未来的维稳工作中，他们必将发挥更加重要的作用。

党管武装的好书记

新疆卷烟厂之所以在新疆的稳定工作中发挥这么重要的作用，正是因为他们有一个重视武装建设的好书记。

这位充满过人的睿智和创造力的张树山书记，带领企业一班人经过12年的拼搏和奋斗，几度改革，几番联营，把一个年利税原本只有1.5亿的企业打造成年利税13.4亿的明星企业，十年间增长了近9倍，为奎屯地区的经济发展做出了不可磨灭的巨大贡献。在该地区的维稳工作中，他们同样发挥了极其重要的作用。俗语说："天有大个子顶着。"这个大个子是谁？是具有宽广胸怀的张书记，是锐意进取的企业领导班子，是具有时代精神的新疆卷烟厂全体职工。他们是大个子，他们自然就要比别人多付出，多奉献。

张树山书记说："经济建设是国防的发展基础，民兵武装建设是国防建设的基石，是社会稳定和谐的重要因素，是企业稳步发展的前提之一。我们企业必须全力支持国防建设，搞好基层民兵武装建设。"字字句句，掷地有声，阐述了基层民兵武装建设与经济发展的关系，以及企业抓好民兵武装工作的重要性。正是在张书记这种大局观念的思想指导下，新疆卷烟厂开创了企业民兵武装建设的崭新局面。

新疆是个边疆多民族地区，民族分裂、极端宗教、恐怖分子"三股势力"内外勾结、兴风作浪。"东突"分子更是贼心不死，屡屡制造事端，搞恐怖主义和破坏活动。这给新疆的社会稳定和经济繁荣造成很大的不良影响，也影响到国家经济发展的大局，维护新疆稳定是全国各族人民的大事，更是我们新疆各族人民的首要任务。是新疆各级领导干部的责任所在。张树山书记深深意识到自己所肩负的责任重大，虽然自己只是一个企业的负责人，但他从几次新疆不稳定的社会环境对新疆经济造成的冲击中领悟到，企业发展必须有一个稳定的社会环境。尤其是在新疆，稳定的社会环境需要国防建设作保障，搞好民兵武装建设就是支持国防，在某种意义上讲就是为企业在赢得发展的空间。为将支持落实到行动上，张书记就如何搞好基层武装建设，亲自带领相关人员与奎屯市武装部各预备役团进行联系，就具体事宜进行安排。为加强民兵武装的正规化建设，2007年，张书记亲自安排，在新疆卷烟厂腾出4间办公室，按照基层武装部，预备役正规化建设的要求设立武装部，预备役营、连部及军官宿舍，还将分管副厂长的办公室腾出一间作为战备物资库房，并且投资4万多元高标准配备了相关的设备、设施和生活用具。再一次受到了新疆军区及预备役师领导和奎屯市武装部领导的赞扬和肯定。

良好的基础设施和场所只是民兵武装工作整体的一部分，要想全面增强民兵武装的整体战斗力还需从人的素质抓起，为此，2007年民兵、预备役部队整组一开始，张书记亲自布置，主管领导严格把关。按照有关条例对民兵，预备役部队人员按年轻化、知识化、专业化的标准，将50多名军政素质好，专业技术精的员工调整、充实到民兵、预备役部队。使部队整组工作达到齐装满员的要求，确保了民兵、预备役部队战斗力水平的整体提高。为打造一支特别有战斗力的反恐，反分裂，维护社会稳定的民兵武装队伍奠定了基础。

新疆卷烟厂作为奎屯市的经济支柱，在奎屯市民兵武装执行军事任务方面也发挥着重要作用，每年都肩负着市人武部和预备役团下达的民兵整组、新兵征召、军事训练、战备执勤、公差勤务等各项任务。在执行这些任务时，在时间和人员上经常与厂里正常生产发生矛盾。厂里的民兵预备役人员基本上都是厂里的业务能力强，技术素质高的骨干力量，从他们中间抽人执行任务可能直接影响到生产的顺利进行。如何协调处理好军事任务与生产任务的矛盾，每次都成为厂党委比较棘手的问题，这也引起了张树山书记的高度重视。厂里的生产出现问题会直接影响新疆卷烟厂的经营发展。而军事任务的完成与否事关民兵武装和国防建设、社会稳定的大事。在这种两难的情况下，张树山书记毅然做出决定：在军事任务与生产任务出现矛盾时，我们要全力支持并出色地完成军事任务。对于生产上的事通过内部调整协调，确保生产的顺利进行。在张书记的大力支持下，新疆卷烟厂顺利完成了2007年度的各项军事任务。尤其是在2007年5月接预备役团的命令：需要抽出20名预备役官兵参加由新疆军区高炮旅组织的专业技术骨干集训。在接到命令后，张书记立即指示主管领导协调落实，要求抽调精兵强将参加集训。有了张书记的支持与鼓励，烟厂20名官兵在20天艰苦训练中，齐心协力，顽强拼搏，不负众望，获得双"37"高炮的一、二炮手的第一名，有线、无线第一名，综合成绩第一名的辉煌战果，为预备役团争了光，为烟厂赢得了荣誉。2007年8月，为了提高处置突发事件的能力，威慑"三股势力"。根据奎屯市委的指示，需要从厂里抽调130名预备役官兵（占全部参演人员的三分之一），参加奎屯市维稳处突演练和预备役三团炮营的快速动员演练，时间8天。演练地点在烟厂烟叶库，时值厂里生产最为紧张的时候，抽出130名技术骨干对厂里的生产无异于"釜底抽薪"。但在接到命令后，张树山书记立即召开党委会研究布置。他说："社会稳定是我们企业发展的保障，在这次演练中，军令如山对我们同样适合，我们必须全力支持。"主管领导受命紧急召集相关部门负责人进行动员，组织协调，人员调整。经过细致周密的协调安排，终于将人员按时调配到位，并对烟叶库在演练过程可能出现的安全问题做了预防性工作。全体参演人员在演练过程中，顾全大局，服从指挥，积极配合，善始善终。赢得了演练指挥部的好评，受到了市委的表彰。2007年主要由该厂员工组成的双37高炮连再次被新疆军区表彰为"基层建设先进单位"。荣誉是一种鼓励和鞭策，它将激励新疆卷烟厂的民兵武装，在张书记的领导下，锤炼成一支真正能"拉得出，打得赢"的战斗队伍。

2008年是中国奥运年，国内外反动势力蠢蠢欲动，妄图制造社会恐慌。组织民兵武装维护社会稳定，促进经济发展，成为当务之急。5月中旬新疆卷烟厂人武部接到奎屯政法委、市人武部的命令，为了有效处置突发事件，需要组织新疆卷烟厂民兵应急分队30人，分两阶段进行20天的集训。接到命令后，张树山书记立即召集分管副厂长及相关部门负责人开会进行专题研究。他说，"维护社会稳定，是我们企业的责任和义务，我们一定要克服困难，全力以赴，充分发挥我们新疆卷烟厂民兵武装在维护奎屯市社会稳定中的作用"。在张书记的总体布置、各部门负责下积极响应，对工作进行重新安排，在规定时间内，按要求组织人员参加了集训。为有效提高战斗力，张书记特批近3万多元购置了30余套防暴警用器械，还拨款2万多元作为人员集训补助。在集训期间，张书记和主管副厂长多次到集训点看望大家，鼓励大家安心训练，服从命令，刻苦训练，努力提高个人技术、战术水平，随时做好战斗准备，为奎屯市的社会稳定做贡献。张厂长的讲话极大地鼓舞了参训人员。使20天的集训，多次紧急拉练，都高标准地圆满完成。得到奎屯市政府、人武部的充分肯定。

8月又接到命令需抽调20人，到市人武部进行20天夜间备勤，由于当时厂里正在开展多项活动，人员异常紧张，为了完成备勤任务，张书记强调：这是政治任务，必须高标准完成。在张书记的安排下，在分管副厂长的全力协调后，得到相关部门大力支持，参与备勤人员积极配合，克服家庭生活和工作上的困难，在不脱产的情况下，顺利完成了战备执勤任务。在驻训期间，预备役的队员们以部队的标准严格要求自己，认真执行武装部的各项任务，得到了武装部领导的好评，为企业赢得了荣誉。

为了进一步规范民兵预备役的营连基层建设，新疆陆军预备师决定将设在新疆卷烟厂的双37高炮连，作为连基层建设规范管理的示范点，向预备役师进行全面推广。为了将这次预备役建设中的重大活动做得既扎实，又富有建设性，张书记和分管副厂长陶新一道积极与预备役团领导进行沟通协商，征求意见，专门抽调预任军官，30名士兵进行为期10天的集训，拨款2万多元购置器材，完善连部建设，按标准充实战备物资，要求相关部门为现场会的召开提供最好的场所，做好后勤保障服务工作。

2008年9月25日，新疆预备役基层建设示范活动现场会在红河烟草集团新疆卷烟厂召开。首先在该厂科技综合楼门前进行了一场别开生面的预备役部队建设实兵演练活动，新疆陆军某预备役部队相关领导和来自全疆预备役部队的基层指挥员观摩了该厂预备役部队的演练。此次实兵演练了预备役部队紧急出动、特勤处置、警棍盾牌操、预备役基层指挥员指挥能力等操练科目。通过演练，检验了新疆卷烟厂预备役部队的战斗能力，得到了新疆预备役师领导的好评。观看完演练后，与会者又参观了设在该厂的预备役营部、连部、武器库等正规化武装建设，让来自全疆各地的预备役基层领导大开眼界。在张书记的高度重视下，该厂的预备役营、连部基层标准化建设，受到了预备师、团领导的高度评价。作为预备役基层建设的样板，预备役部队领导要求各团以此为标准加强基层建设，促进预备役正规化建设。这次部队设施建设和实兵演练活动的全面展示，充分说明了新疆卷烟厂预备役部队正规化建设已经达到了新的水平。

新疆卷烟厂的民兵武装工作，在张树山书记的领导下，近年来一步步走向规范，人员军事素质，政治素质不断提高，维稳处突能力不断增强，逐步达到了专业军事化水平。特别是在2009年"7·5"事件的维稳工作中，在维护奎屯市的社会稳定和保卫烟厂的自卫工作中，发挥了极其重要的作用。他们不仅为国家经济建设做出了重大贡献，还是人民的保护神。他们不愧为民族的脊梁，祖国的中流砥柱。

双拥共建结硕果

新疆卷烟厂党委始终将拥军优属、拥政爱民作为企业精神文明建设的重要组成部分，多年来与驻市高炮团、消防大队、武警五支队、预备役等部队建立长年共建关系，真正形成了军爱民、民拥军、军民鱼水情谊深的大好局面。

新疆卷烟厂始终高度重视双拥创建工作，不仅把创建工作列入重要的议事日程，而且作为企业的一项重要任务来抓，逐步形成了一套行之有效的创建机制。首先，健全组织机构，厂党委不仅按要求成立了共建领导小组，并根据工作及时调整组员，形成了"一把手"负总责、分管领导亲自抓、共建领导小组具体抓的工作机制。其次，在创建工作中，重视发挥安保科和工、青、妇等群众组织的优势作用，真正形成了机构健全，共同参与，各负其责，党、政、工、青、妇齐抓共管的工作格局和强有力的整体合力。

新疆卷烟厂虽然是卷烟工业企业，但厂党委深刻认识到抓好军民团结对促进社会安定和企业经济发展的重要性，积极为伊犁州拥军爱民、军民共建活动出资、捐款，热心帮贫扶困。多年来坚持与驻市部队高炮团、武警五支队、消防大队、市武警机动大队、市公安局等单位结成双拥共建的良好关系。每年都与官兵们进行文艺联欢、体育比赛等，在开展的"援建军营图书室、共建学习型军营"活动中，他们向共建部队捐赠价值3300元的图书。多年来，该厂党委成员每年都要分别慰问以上部队，送去价值2—3万元的慰问金和慰问品，十多年来已达几十万元。

1997年，该厂与高炮团结成共建对子。多年来，该厂与高炮团相互配合、支持积极工作，"八一"建军节、"十一"国庆节、春节来临之际，该厂派出"雪莲少儿艺术团"在驻市部队巡回慰问演出，特邀高炮团篮球队到厂共同开展友谊赛，或是领导携带慰问品前去看望官兵等。为进一步支持部队建设，新疆卷烟厂在开展慰问活动中更多地把关注点放在了解决部队的实际困难上，为预备役训练提供资金和人力保证，配备办公和活动硬件设施。2005年，当看到共建部队官兵没有好的篮球运动器械时，经厂党委研究，赠送价值两万余元的篮球架一对；2006年，为亮化、美化部队环境，该厂投资近四十万元为高炮团整个营区安装了路灯，方便了官兵的训练和生活。十多年来，新疆卷烟厂仅用于资助预备役师建设和训练的费用就达到了几十万元，受到部队和社会各界的高度赞扬。

共建部队的官兵们对该厂各项工作也给予了极大的支持。冬季帮助该厂清扫积雪，给予生活小区困难儿童物资、经济帮助，还辅导他们学习。2005年，在企业技术改造任务重，急需大量人员人工装烟丝之际，高炮团及时伸出援助之手，帮助解决应急难题；2005年10月、2006年7月，在建厂45年庆典和加入红河卷烟总厂揭牌仪式之际，部队给予大力支持，派出锣鼓队、国旗班为企业庆典活动增光添彩。在多年开展的共建活动中，双方和睦相处，互相支持，军爱民、民拥军，实现了共同发展。

作为现代化的卷烟工业企业，新疆卷烟厂党委班子和全厂员工深刻地认识到，没有全厂的消防安全就不会有企业的发展。为了树立全厂员工尤其是企业消防安全人员和车间工作人员的消防安全意识，新疆卷烟厂与共建单位——奎屯市消防大队不断联系，多次派相关负责人前往奎屯市消防大队参观学习，消防官兵详细介绍消防车辆和装备器械的容量和用途以及面对不同突发事件的操作方法等，同时新疆卷烟厂还多次邀请消防官兵到企业和家属区现场演练锅盖灭火、灭火器油盆灭火、攀登挂钩梯、高层跳气垫逃生等多个项目的灭火、逃生演练，使广大干部职工和企业家属增强了消防知识和安全意识。多年的不断来往，使新疆卷烟厂与奎屯市消防大队之间的感情日益深厚。在炎炎夏日为广大官兵送去西瓜，为奋战在酷暑中的消防官兵们带去了一丝清凉，逢年过节为他们送去亲切的慰问，形成了广大官兵与企业职工之间军爱民、民拥军，军民鱼水情深的感人场面。

2008年9月8日，该厂在烟叶库前进行了消防应急演练之后，11月7日，该厂安全保卫科、奎屯市消防一中队、二中队、中国石油新疆独山子分公司油库专职消防队、欧亚大陆桥农产品有限公司又共同在新疆卷烟厂烟叶库区进行了联合消防演练。

这天上午11时，演练正式开始。库区经警与亚欧大陆桥农产品有限公司安全管理人员对烟叶中转库中段露天棉花场进行安全检查，当行进至露天棉花场西侧临时堆垛处时，发现有烟雾，经现场确认为火情，两人无法控制。一人就近用灭火器进行扑救，一人立即向库区安全负责人报告。库区安全负责人立即组织库区经警迅速赶往着火地点，并迅速打电话向奎屯市消防大队报火警，就近向中国石油新疆独山子分公司油库专职消防队请求支援，通知南门值班室做好迎接消防车的准备，库区严禁车辆进入，安排当班人员做好警戒。亚欧大陆桥农产品有限公司迅速到达着火地点进行物资疏散。

安全保卫科副科长吴兴元到达现场担任临时总指挥，组织战斗组进行火灾扑救；通信组负责报警、传达火场总指挥的各项指令；警戒组迅速到达指定地点，负责火场警戒和迎接消防车；疏散组负责物资的抢救；预备组原地待命准备战斗。5分钟左右，奎屯市消防一中队、二中队、中国石油新疆独山子分公司油库专职消防队消防车开进了烟叶中转库后，火场总指挥由消防大队队长担任。

消防大队负责人对此次演练的准备、部署、指挥、反应、处置、疏散等综合演练效果进行了评价，认为此次联合应急预案的演练成功，检验了应急预案的科学性和可操作性，进一步提高了应急反应能力、实战能力、警民联防能力等应急管理综合水平，使员工增强了安全意识，掌握了应急技能，获得圆满成功，演练效果优良。2009年9月和10月，该厂又分别进行了消防技能培训和演练。10多年来，该厂每年都要和市消防大队进行这样的消防技能培训和演练。

看完这篇文章，我们对新烟人又有了一个全新的认识：奎屯地区大部分的财政收入都来自新疆卷烟厂。他们用自强不息的进取精神，打造了自己，成就了自己，同时让一个地区的经济也站立起来。他们承担了太多的社会责任和义务，不仅是奎屯地区的经济支柱，还是奎屯地区的一支重要的维稳力量，他们不朽的业绩不能不让我们感动和感慨。

　　我们仿佛看到了在奎屯上空飘扬的一面旗帜，这是新烟人的精神；我们仿佛看到了从奎屯大地上树起了一座丰碑，这是新烟人的功勋。我们能感受得到，是新烟人在撑起这片天空。

为了大地的绿色

——农四师 61 团开发库鲁赛也旱田山纪实

这是一片神奇的土地。早在公元1225年，成吉思汗二儿子察合台被封于中亚，即为著名的察合台国。而这里的阿力玛里城就是当时显赫一时的中亚古国首府，欧洲人称其为"中央帝国都城"。

这是一片美丽的土地。阿力玛里，突厥语为"苹果城"之意，漫山遍野的野果树，使远在中世纪之时，这里就成了当时有名的"苹果城"，阿力玛里，这个诗一般的城市，被誉为"中亚乐园"。

沧海桑田，岁月漫漫。无情的历史已将人们引以为荣的帝都留在了昨天，那繁花似锦的城池已被夷为平地，曾经享誉中亚大地的苹果城也随着故城的湮灭渐渐被人们淡忘，这个名噪一时的苹果之城，经过了700多年历史尘埃的覆盖，又回到了她原有的平凡和平静。

不仅仅是平静，20世纪60年代初，在大国霸权主义的引诱和煽动下，"伊塔事件"发生了，这无疑使大病初愈的中华人民共和国雪上加霜。14000余名边民携所有家产及牲畜外逃，这仅仅是霍城县境内的数字。位于中苏边境的前进公社和幸福公社十室九空，大片良田荒芜，凄凉与萧条让这个历史上有名的"中亚乐园"阿力玛里走到了她历史的最低点。

是兵团人，用他们坚实的肩膀扛起了阿力玛里这片坍塌的天空。农四师抽调1700名精兵强将，开赴阿力玛里"代耕、代牧、代养"，他们一边守护着87公里边防线，一边维护地方治安，一边带领当地剩余的1000多名群众恢复生产，这就是61团的起源和前身。从此，这支英雄的部队在这里扎了根，在此后的近半个世纪中，又创造了一个新的阿力玛里，在这片土地上创下了一个又一个奇迹。

看着静静地躺在61团驻地身下的那个曾经显赫一时的中亚古国首府，我们就像站在了历史与现实的交汇点上。一种生命的消失，总是有一种新的生命力更强的来替代。45年，在历史的长河中仅仅是一瞬间，而就是这一瞬间，它让那个沉寂了近800年的阿力玛里又复活了。

本文所要描写的是61团人开发库鲁赛也旱田山的故事。之所以告诉你这些，是让你对这个地方，这群人有更深切的了解和理解，让你的心和他们一起跳动。

拉开开发库鲁赛也旱田山的序幕

让我们先了解一下现在的阿力玛里 —— 61团这个地方吧。

这是一片广阔的土地。61团原有土地面积150万亩，加上中哈边界原来未定边界的39.5万亩划归61团后，61团土地面积已近200万亩，它最远的山界和博乐州的温泉县毗邻。虽然土地辽阔，但天山山脉大片的高山区、中山区及低山区占去了土地面积的90%，而剩下的可耕面积仅占10%，61团现实可耕种的土地面积仅有9万亩。可耕面积虽然少，但这里属于洪积平原，土地肥沃，水草丰美。"吐鲁番的葡萄哈密的瓜，伊犁的苹果库尔勒的梨"，而享有盛名的"伊犁苹果"就是专指这里。古代帝王都定都在这苹果城里，可见这里的自然条件之优越。正因为此，让这个苹果之乡一直处于稳步发展状态。在20世纪80年代，61团在农四师一直处于领先地位，到了20世纪90年代中期，61团又是第一个总产值上亿元的团场，但是这种完全依赖于自然条件的优势，自身没有抵御能力，经不起自然灾害的打击。正常年景下，霜冻都是在12月下旬，而20世纪末的那一年，霜冻却提前2个月，历史上罕见的早霜让61团蒙受了巨大的经济损失，不仅让许多挂满枝头的硕果颗粒无收，而且大片的果树也被冻死。祸不单行，在此后的几年里，连续遭受自然灾害，不是秋季提前的早霜，就是春季的倒春寒。四五月份春暖花开的季节，桃花盛开，杏花绽放，一场突降的霜冻，让所有的花蕾在一夜之间凋零、枯萎，没有春天的花朵，哪有秋天的收获？干部职工看着那空摇的枝头落泪……连续几年的自然灾害，让这个曾盈利上千万元的团场，走到了连年亏损的局面。

到了2002年，61团走到了建团历史以来的最低点，当年亏损500多万元，年底的账面现金仅有38元。困难重重、人心涣散、危机四伏、内外交困，干部职工对党委已失去了信心，团里的工作根本落实不下去，整个工作陷于瘫痪状态。

2003年春天，61团新任团长王作敏就是在这样的情况下上任的。

在新一届党委的集体领导下，在党的十六届三中全会确立的科学发展观思想引导下，新任团长王作敏在对61团进行一番实地摸底调查后，开始对61团制定长远的战略规划。他聘请了石河子经贸学院的9名研究生对61团进行了全面的调研和考察，根据61团现状，对61团的长期发展战略和目标进行了全面、科学的论证，在此基础上，根据科学发展观思想，王团长制定了61团"十五"至"十一五"期间的全面发展战略，即"61团两区联动发展战略"。

"两区"就是农区和山区。农区就是指61团现在的平原农业,其范围是团部和所属的32个直属单位,耕地面积为86000亩;山区为未开垦的180余万亩山地,可利用面积6—8万亩。

农区的发展已有了经验和模式,要为山区的发展提供智力支持和物资保障,山区的发展是农区发展的延伸和资源转接,是61团经济新的增长极,两者之间互为促进,互为联动,互为发展。

农区的发展主要是提升和改造。对一产按照现代农业的要求实施科技兴农战略,实现集约化经营的目标;对二产原有的企业引进新的竞争机制,实行多种实现形式,同时,加大招商工作;对三产培养市场,真正形成伊犁地区集散中心,让更多的劳动力从土地上解放出来,从事商贸服务。

山区的开发和建设将形成两个发展格局:一是通过发展4万亩林果业基地建设进而发展林果加工业,从而实施新兴林果业工业化发展道路;二是通过发展人工草场2万亩,养殖牲畜10万头,由畜牧业的发展进而发展畜牧加工业,从而实现新兴畜牧业工业化发展。

这项对于61团具有划时代意义的"两区联动发展战略",新一届党委给予了高度赞扬和支持。在2003年,王团长还做出了一个出乎所有人意料的惊人之举,那就是过去团场为防止产品外流,每年都要在各路口设卡子,王团长在这一年把设在各路口的16个卡子全撤了。从此,61团延续了近20年的设卡子政策在一夜之间化为乌有,这不仅在四师,在整个兵团都走在了前面。王团长说,一直以来,我们都没有以人为本地理清和处理好集体和职工个体之间的关系。每年秋天,团里所有干部都忙于一件事,那就是为了堵产品,回收产品,到处设卡子,团里每年为此耗资上百万元，既劳民伤财，又严重挫伤了职工的生产积极性和应有的地位。其实我们只要给职工一个好的政策，做好服务工作，职工就会主动把产品交上来，就能把集体利益和个体利益融为一体。事实正是如此，61团从此走上了以人为本的全面、协调的可持续发展之路。2003年实现生产总值1.7亿元，当年扭亏为盈。在此后的几年间，经济效益连年攀升，2004年1.8亿元，2005年以后突破2亿元，2006年2.3亿元。

在这里，不说这位智慧型、知识型的团长在短短几年间，使61团恢复并超过了过去最好年景的经营水平；也不说全团果树在原来2万亩的基础上新增1万亩，并且品种大部分更新换代；也不说他如何实施科技兴农战略，从此让61团经济走上健康、良性循环的全面发展轨道，主要说说他在新一届党委集体领导下，带领61团人实施两区联动发展战略开发库鲁赛也旱田山的故事，因为这是近半个世纪以来61团几代人的愿望；它关系到61团未来的发展，是千秋万代的大事；这是一个再造一个甚至几个61团的伟大壮举。

让我们再来看看库鲁赛也旱田山是一块怎样的土地：它是天山余脉连接平原的那部分丘陵地带，土地总面积24万余亩，可耕面积6万余亩。在这片可耕地上，有大片的地势较为平缓的漫坡地，有坡度较大的斜坡地，也有充满沟沟坎坎的山地。但是在这片浩大的土地上，找不到一粒石子和不适应作物生长的盐碱地，每一寸土地上都生长着植被，所有的土地都是最适应作物生长的中性灰钙沙性土壤。这里的土层特别厚，大都在十几米到百米之间，像这样的土质，在新疆这块到处是石头和盐碱的大地上实属罕见。但由于纯属靠天降雨的旱地，作物的收成根本无法保证。虽然有人在这块旱地试种过各种作物，如打瓜、小麦等，但由于是靠天吃饭，好年景下收获颇丰，遇到旱年将颗粒无收，再后来谁也不敢冒这个风险了，因此，这块土地至今还在沉睡着。

但是，61团是有名的果树之乡，在这块土地上，无论它是平地，还是沟沟坎坎的斜坡地，对于用先进的滴灌节水措施栽种果树来说没有丝毫的影响，每一寸土地都能得到充分利用。如果在这座山上种上几万亩经济价值十分高的果树，那将是怎样的一番情景？不仅是改造荒山，改造自然，改造生态，将这里变成一个名副其实的花果山，而且那将是年产几个亿产值的巨大收获，等于再造了一个甚至几个61团。

他向来做事周密，思路清晰，在实施两区联动发展战略开发库鲁赛也旱田山时，首先组织专业技术人员对开发库鲁赛也旱田山实施规划、准备相关的资料、可行性报告等，从此，拉开了开发库鲁赛也旱田山的序幕，走上了此后长达5年时间，用语言无法描述的艰难历程。

库鲁赛也旱田山的开发史

实际上，在61团的历史上，已有了三次开发库鲁赛也旱田山的经历。

第一次是在建团初期的1964年，当时爬过雪山走过草地的老红军文兴科团长也看中了这块宝地，在1964年秋冬和1965年春夏之季，组织全团几千人大会战，当时无论是开商店还是开饭馆的，所有后勤人员全部上阵，在1965年春季修通了18公里的引水大渠，并从1965年夏季开始从开根沟河往库鲁赛也旱田山前山引水。但引水是相当困难的，尽管渠系很厚实，但由于都是几千年未见水的沙性土壤，土质十分松软，渗漏十分严重，只要有一个小洞漏水，渠堤立即就会垮塌，顷刻间就是一个大口子，而且只要被冲开，就没有办法再堵上。当年参加过修渠的退休

　　老工人景宏树向我讲起这样一件事：当时正是吃午饭的时候，一个工人手里拿着馒头正准备吃，看见大渠漏水，当时来不及找东西，拿着馒头就去堵那个窟窿，结果不但没有堵住，要不是他跑得快，决堤的大水差一点把他也卷跑了。可想而知，当时引水是多么艰难。渠道经常垮塌是一方面，关键是快到前山的地方有一段渠在技术上不好解决，水虽然引过来了，但却没能派上用场。后来"文化大革命"发生了，还没来得及解决这些问题，文兴科团长就成了"走资派"被打倒了，修渠的事也就没人管了，这一放就是20年。

　　到了1985年李宗德任团长期间(后任农四师副师长，农五师师长)，当时已经改革开放，各团场都在实行家庭联产承包责任制，这位极有战略眼光的团长也看中了这片土地，他不仅沿1965年的老渠引水上山，而且还在库鲁赛也旱田山上栽种了1500多亩的榆树，并且这些完全靠雨水浇灌的榆树也都大部分成活，他给后来的退耕还林，绿化荒山，种植生态林走出了一条新路子。在他在任后期的那几年，他每年都在做引水上山的工作，可惜他于1988年3月调任农四师副师长，引水的事也随着他的调动而停止了。引水虽然不算成功，但它的意义在于保持了61团引水上山的延续性，他把断了20年的线又续上了。在采访这位现已退休在家的老师长时，他有些惋惜地说：如果我们那个时候把引水工作坚持下来，形成连续性的既定事实，水渠问题就不是问题了，也好解决了。可惜现在有引水技术条件了，但人家不给水了。这真给王作敏团长出了个大难题啊。

　　是的，随着社会经济的高速发展，水成了最重要的农业资源，也成为当地最敏感的问题。你要开发6万亩荒山，那要用多少水？兵团、地方都要发展，当地群众那么多双眼睛盯着你，一听见有点风吹草动就到上面反映，给政府施加压力，人家不让你开发，控制你的水源，你能说什么？

在李宗德团长调走10年后的1998年朱谊星任团长。当时的国家及兵团对退耕还林还草政策十分优越。由国家投资，61团在这片荒山上连续种植了2万余亩生态林，成活率极高，很多鸟都在这昔日的荒山上安了家。

至于引水上山的事情，也找当地政府谈过几次，但那似乎已经是不可能的事情，引水上山开发库鲁赛也旱田山，那似乎已经成了61团不可能实现的一个梦想。

几年后的2003年，在水资源愈显重要，水的供需矛盾愈显突出的情况下，王作敏上任伊始，就是在这谁都认为不可能的时候提出开发库鲁赛也旱田山，可想而知，这将是一条多么难以想象的艰难之路。

有条件要上，没有条件也要上

按现在的流行做法，为了显示政绩，现任领导主要考虑的都是眼前的实际问题和利益，谁也不去考虑5年或10年后的事情，谁知那个时候你又在哪里？而对于王作敏团长来说就不是这样，他既重视眼前效益又重视长远利益。按照61团原武装部长张成辗说的：一般人都是站在山下看，而王团长是站在山上看的，他看得远，想得也远。在他来61团的几年间，经济效益十分可观，连年攀升，按道理他根本没必要去走那条所有人都认为走不通的路，但是王作敏就是要走这条路。他心里清楚，以61团现有的9万亩土地，如果不开发库鲁赛也旱田山，如果不进行资源转接，61团就不可能再有大的发展，这是关系到61团长期发展的问题，必须按科学发展观的思想，走全面、协调的可持续发展道路。可以说，在开发库鲁赛也旱田山的事情上，他比抓全团工作费的心血还要多。

他深邃的思想和沉稳而坚毅的个性决定了他一旦认准的事情，无论遇到什么困难和压力都要干到底。2003年，王作敏团长组织了一套专门人马，专跑开发旱田山项目。兵团和农四师全力支持，但有关水的问题和霍城县有关部门不能达成一致，致使开发旱田山计划不能实施。

2004年，王作敏团长又组织了一套人马，成立了库鲁赛也旱田山开发指挥部，由原团武装部长张成辗总负责，由原综治办主任热布卡特任旱田开发指挥部主任，负责对旱田实施开发，当年在旱田山上种植了2000亩经济林——树上干杏，用人工拉水灌溉。王团长决心已定，有水要上，没有水我也要上。同时，另一套由张成辗、原总工程师张树民，建设科长宋建刚等人组成的项目班子继续到各级各部门跑项目、跑水。

2004年，在一班人马费尽周折，跑了一年仍一无所获的情况下，王团长于2005年和2006年，在旱田山上又分别栽种了3000亩和2000亩树上干杏，这时候，在库鲁赛也旱田山上栽种的树上干杏已达7000多亩。与此同时，为发展畜牧业，实施两区联动战略，在旱田山上又种植了2万多亩苜蓿。

在这里，我们有必要知道一下树上干杏到底是什么东西以及它的经济价值。

树上干杏（俗称"吊死干"），是生长在伊犁阿力玛里一带的野杏（既现在的61团辖区），因其熟而不落在树上自然风干而得名。此杏风味独特，纯美甘甜，营养丰富，杏壳极薄，轻嗑即可食用杏仁。杏仁香甜无比，味美无穷。还有更重要的一点是，也许是地理环境所致，这种杏树是阿力玛里独特的产物，在其他任何地方都绝难见到，即使你在其他处嫁接或移植了此杏，但其风味已不能和这里的干杏等同，味变壳硬。因此，此杏价格极其昂贵。不经包装的干杏每公斤在30—50元，而包装后的每公斤达100多元。就是这样的价格在市场上也绝难见到，大都通过关系根本到不了市场就销售一空。此杏一般每亩可产鲜杏1—1.5吨，干杏200—300公斤，每亩产值最少10000元，王团长计划种植1万亩，而仅此一项一年的产值就是一个多亿。

7000亩的树上干杏实际占地面积已达10000多亩。在规划上61团做得极其周密和长远。考虑到秋季早霜和倒春寒这些毁灭性自然灾害，在规划时道路密度特别大。把大片林区划分成格状的小片林区，并在所有道路旁栽种高秆杨树，根据寒流的习性和规律，由于片小又有高秆杨树作为遮挡物，寒流就不会伤害到经济林，同时由于片区小，点火放烟都能起到防寒的最大作用。另外，还可以便于精细化管理和果品的采摘。因此，仅道路和防护等面积就占了近3000亩。

而王作敏团长在旱田山上规划的是4万亩经济林，1万亩树上干杏是其中之一，因为这种杏树较耐旱，容易成活，因此，先栽种了此树。另外还有1万亩鲜食苹果，1万亩榨汁苹果，5000亩蟠桃，5000亩其他果类，如蚰桃、葡萄等，同时将带动两个加工厂，即树上杏干加工厂和果品加工厂。4万亩经济林，仅农业产值可达3.5亿，加上工业产值，总产值可达5个多亿，不包括将来的畜牧业基地，仅此一项就等于再造了2个甚至3个61团，同时可解决61团所有待业青年的就业问题。

其实，在王作敏的心里，对旱田山建设和开发的前景还有着更高的追求，他是这样规划的：首先，这将是一个物质文明极其发达的地区，这是由于它将产生的极高经济指标决定的；其次，这将是一个弘扬兵团精神、凝聚兵团精神的教育基地。什么是兵团精神？到了这里，看了这里的一切，了解了这里的一切，你就什么都明白了；第三，这里将是一个可持续发展的大生态保护圈，因为这里和天山山脉紧密相连，不但有人工生态，还有更多的原始生态，可以大力发展旅游业。

在王作敏团长的心中有着这样美好的前景，这怎能不让他为之去奋斗！去拼命！

艰难而艰险的寻水之路

水的问题成了开发库鲁赛也旱田山的关键之关键。

是的，这群兵团人，守护着85公里的边防线，担负着维稳固边的重要任务，不但不要国家一分钱，不但自己养自己，而且还要给国家上缴利润，还要靠自己去发展。王团长想的是，如果团场经济不发展，职工的生活不能改善，待业青年不减少，自己的队伍不稳定，还怎么能完成维稳固边的重要使命。这就是兵团人的胸怀和境界，这也是开发库鲁赛也旱田山的目的。

在开发库鲁赛也旱田山上，他让全团都看到了他的意志和毅力，也感动了所有干部职工，以及兵、师乃至于州、县等有关领导。

2005年，为了解决水源问题，他组织了两套人马，兵分两路，同时进行。一路原班人马为引开根沟河水继续跑有关部门，一路人马由他亲自带队进山寻找霍尔果斯河源头，引霍尔果斯河水。

这两条河的情况是这样的：开根沟河是61团和霍城县莫乎尔牧场共用的一条河，河流就在库鲁赛也旱田山下，而且从上游修建的18公里引水渠都是现成的，可以说是方便之极，但分配权在地方。

关于此河曾在1963年双方就签订了一项用水协议，即根据当年的总来水量，61团使用量占来水量68.5%，霍城县莫乎尔牧场使用量占来水量的21.5%，机动水量为10%，此协议一直延续至今。但61团有史以来从未用到过68.5%的水，近5年来实际引水量每年只占来水总量的28.05%，尚欠40.45%的用水量。61团就是想在自己用水量范围内自行调节，来开发库鲁赛也旱田山。实际上，库鲁赛也旱田山，每年生产期的灌溉时间比平原区晚20天左右，就是说平原农业灌完后再灌到库鲁赛也旱田山基本农田，两者之间不存在争水的矛盾。从灌溉方式上看，库鲁赛也旱田山上现已种植的或即将种植的几万亩经济林都将采用节水的滴灌方式灌溉，年需用水量比平原区节约48%左右，加之库鲁赛也基本农田毗邻山区，降水量充沛，陆地灌溉只是补充水源，因此，用水量极少。

关于开根沟河引水方案，王团长经和有关人员商量后，转变了思路。他们不再坚持要那68.5%分内的水，只要开根沟河当年10月 — 来年4月白白流淌的闲水。以2005年为例，开根沟河（包括三家沟）当年总流量为7933.13万立方，而61团和地方加起来也仅使用了3382.59万立方。白白流到伊犁河的弃水为4550.54万立方。也就是说，每年实际总用水量不到总来水量的40%，60%的水都白白浪费了。不是没水，而是没有充分利用好水。所谓的水资源紧张主要就是表现在春夏季的灌溉期，而秋天的闲水及春天的洪水都成了无用之水。61团就是想在库鲁赛也旱田山上修建2 — 3个水库，把这些闲水储存起来，以便开发旱田山之用。可以说，这是一项利国利民，充分利用水资源，既能美化祖国大好河山，又能创造巨大经济价值的大好事，他们将此方案上报后，耐心地等待着地方有关部门答复。

与此同时，王作敏还在执行另一套方案。2005年4月，他带着一队人马骑马上山寻水，那是一条极其艰险的马道，路窄的地方仅能过去一匹马，头上是悬崖，下面是深渊，特别是骑在马上更觉惊险。在第二次进山寻水时，曾出现非常惊险的一幕，师设计院的一个小伙子在通过这段险路上，不小心碰着身边的悬崖，身体失重跌下马来，幸亏他手中紧抓缰绳，才不至于掉下悬崖。尽管历尽千难万险，但收获颇丰，他们终于在深山处找到了汇入霍尔果斯河的一股支流，如果能将此水引到山上，那么开发库鲁赛也旱田山的问题将迎刃而解。

当时农四师主管农业的张勇副师长，对61团开发库鲁赛也旱田山之事极为关注，并给予了全力支持。2005年8月，由他亲自领队，王作敏团长及师水利设计院有关专家再次进山寻水，经过初步考察和测算，此水可引至库鲁赛也旱田山，但这不仅是一项极其艰巨而艰难的工程，而且投资投劳都将过于巨大，无论人力物力都将难以承受。如果非走此路，那也是万般无奈之下的迫不得已，而最快捷、最便利的办法，还是引开根沟河之水。

2006年，王作敏一方面继续加快对库鲁赛也旱田山的开发步伐，在旱田山上又栽种了2000亩树上干杏，一方面在思索、探寻引水新的突破口。

山脚下就是流淌的开根沟河水，而61团每天只能用汽车从山下拉水浇灌山上的经济林。每天10多辆车，时刻往返于山上与山下之间，山上也是一片人声沸腾，几百人热火朝天地忙碌于林间浇灌、除草等。在旱田山开发指挥部办公室旁的牌子上有这样一行大字："知难而进，艰苦创业，开拓创新，勇往直前"。这就是他们开发旱田山的十六字精神。

他们决心已定，无论遇到多么大的困难，谁也挡不住他们对旱田山的开发，他们已经走到这一步，而且肯定还要走下去。

他们这种顽强的拼命精神，感动了很多人，上至兵团领导，下至平民百姓，也感动了当地州、县政府有关领导，他们不由得感叹道：这样的事也只有兵团人能干，也只有他们能干得成！

在伊犁州政府和州水利局、农四师水利局的积极协调下，经反复磋商，于2007年7月19日，61团终于拿到了伊犁州办公厅（2007）86号《关于兵团农四师61团在霍城县开根沟河新建引水渠有关问题的批复》（以下简称《批复》）。

之后在州水利局和农四师水利局的积极支持下，围绕86号《批复》精神，通过两个月的努力，于2007年9月20日，61团与霍城县终于达成一致意见，并正式签订了具有历史意义的《霍城县与兵团农四师61团在霍城县开根沟河新建引水渠有关问题协议书》。

该协议主要内容是：继续执行1963年的水资源分配协议，分水比例为：霍城县莫乎尔乡占来水总量的21.5%，61团占来水总量的68.5%，生态用水占来水总量的10%，为避免下游灌溉期供水矛盾，杜绝水事纠纷，61团的引水时间严格控制在每年10月1日零时至次年4月1日零时的6个月时间内；61团和霍城县莫乎尔乡共同组成测水小组，随时按规定分水；双方都应服从伊犁河整体流域规划，等等。

在这里特别要说的是，尽管多年来地方乡村群众对61团引水问题存有误解，但地方政府领导顶住压力，为61团的引水做了大量的工作。在此期间，在州水利局的牵头下，多次召开座谈会，四次亲临现场进行科学论证和规划，制定了小河流域规划，对旱田山的开发工作给予了很高的评价，一致认为是符合科学发展观的。地方州县各级领导对基层群众做了大量疏导和解释工作，正是他们卓有成效的工作，才使得这份协议顺利签订。

经过近5年时间坚持不懈的奋斗和艰苦努力，61团开发库鲁赛也旱田山引水方案终于有了一个虽不圆满但可谓前途一片光明的结果。

在这5年中，仅上报州、县及兵团、四师的各种方案、请示、报告、信函以及批示、回复等各种材料多达千余份，全团直接参与开发旱田山和引水方案的人员达百余人；旱田山尽管采用了滴灌节水措施，但拉水灌溉成本极高，每立方米水成本高达10多元，61团自筹资金在旱田山上投资的总费用已达584万元，尽管全团干部5个月没发工资，但为了开发旱田山，所有干部职工都毫无怨言。

5年来，支持、重视和关心61团开发旱田山的各级领导灿若星辰，相信61团会永远记住他们，感激他们，他们就像那些直接开发旱田山的勇士们一样，将永远载入开发旱田山的史册，他们的名字将永远铭刻在阿力玛里这块美丽的土地上。

在61团采访的几天中，我的精神一直处于亢奋状态，我一直被他们的精神感动着。在库鲁赛也旱田山上，我看到浩大的7000亩已经挂果的树上干杏，他们提前栽种了3年，等于收获期和效益期提前了三年；我看到了大片的生态林，但可惜的是这些长势良好的生态林，也将被价值极高的经济林所替代。在这片浩大的生态林旁边，一片规格很高，白墙红顶的小康村即将完工，这是为旱田山上新建连队即将入住的30户职工准备的；我还在库鲁赛也旱田山的几处看到几辆车和忙于测量的技术人员及测量仪器，那是农四师设计院的人员正在测量引水渠道和蓄水水库。越野车奔驰在一望无际的旱田山上，我浮想联翩，我仿佛看到了满山、满坡、满沟长势旺盛结满硕果的桃杏，看到职工们丰收的喜悦笑脸和四处舞动的飞鸟和彩蝶，看到通往所有沟沟坎坎的滴灌管道所制造的一个现代花果山。我真实地感觉到，兵团人用他们的毅力和精神，又在创造一个崭新的、现代的阿力玛里。

　　然而，在更多时候，面对他们5年艰苦卓绝的奋斗历程，我又觉得他们不是在开发库鲁赛也旱田山，而更像是在创作一部经典的将传颂百年千年的史诗，在创造一个个现代神话和奇迹，在圆阿力玛里的一个千年之梦。而我坚信，这一切都不再遥远。

"枪口"下的谈判

——"8·14"劫持人质案谈判纪实

　　2012年8月14日，在第二届"中国—亚欧博览会"各项安保工作进入攻坚阶段之际，中国石油新疆乌鲁木齐市石化分公司厂区内发生了一起携爆劫持人质案件。案发地作为自治区大型央企，西北的主要能源基地，事发车间与年加工600万吨的炼油厂仅一墙之隔，距密集的大型储油罐不到200米，厂区高楼林立，人员密集，一旦发生爆炸事件，后果不堪设想，不仅会给无数生命和国家财产造成不可估量的巨大损失，同时，时值"亚欧博览会"召开前夕的敏感时段，必将造成无法挽回的国际和社会影响……

　　案发后，乌鲁木齐市公安局立即启动突发事件应急预案，迅速成立了以苏彦冰副局长为总指挥的现场处置组，全警联动，多管齐下。在案发的第一时间，成立了由市局刑侦支队支队长单笑夏、特警八支队政委余慧康、油城公安分局局长赵诗海、政委刘建忠等领导组成的现场指挥部，乌鲁木齐石化公司刘继远书记也就坐在指挥部现场，为解决事件提供应急保障。现场指挥部根据现场情况，认定"争取谈判成功为最佳方案。"于是，从2012年8月14日上午11点10分—下午15点55分，面对近在咫尺的爆炸物，长达4个多小时的艰难"谈判"开始了……

劫持人质现场

那是一个和平常没有任何区别的早晨。天空是晴朗的，空气是清新的，早晨的阳光是灿烂的。在这样新的一天开始的时候，人们像往常一样走向各自的工作岗位，开始了一天的忙碌。在乌鲁木齐石化这个具有3万余人的大厂区内，人们更显得集中、忙碌而井然有序。当人们都到达各自工作岗位开始一天的工作的时候，谁也没有想到，在他们的身边隐藏着一起严重的爆炸事件，危险正在向他们一步步靠近……

2012年8月14日上午10点40分，油城公安分局十三区派出所副所长杨志明接到石化设备安装公司保卫科长刘卫东的报警，说那里正在发生一起劫持人质案件，副所长杨志明带领干警立即赶往现场。这是一排坐南朝北，由十多间彩钢板房连在一起组成的办公区，事发地就在中间的一间彩钢板房内的里间办公室。当时嫌疑人身前挂着自制爆炸物，右手紧抓住被劫持人 —— 综合车间副主任何江，左手紧抓住爆炸物引线。从外表看去，爆炸物装在一个方形的包里，一红一蓝两根引线从爆炸物通向嫌疑人手中的引爆开关。情况十分危急，副所长杨志明感到这不是一般的案件，他一面立即给分局和110打电话，同时请求分局刑警队前来支援。

当时，油城公安分局正在开党委会，接到110的电话后，党委会立即终止，在几分钟内，油城公安分局党委全班人马立即赶到现场。当时正值上班时间，现场的十几间办公室和附近车间、厂区都是人员集中的地方。油城公安分局长赵诗海及班子成员分头行动，紧急疏散人员和车辆，进行外围警戒和布控。与此同时，市局也开始了紧锣密鼓的紧急部署。

11点10分左右，油城分局副局长田海平，这位从警近40年的老公安战士已经坐在了嫌疑人的对面，开始了此后长达4个多小时的漫长谈判；油城分局刑侦大队长卞忠友在现场进行保卫和服务工作，并伺机制服嫌疑人；副所长杨志明站在门口担任警戒，防止无关人员进出干扰正在进行的谈判。同时，他用警用数码仪将谈判的整个过程全部拍摄下来，留下了珍贵的现场资料，后来根据"8·14"人质劫持案制作的视频和专题片就是根据他拍摄的现场资料制作的。

坐在对面的田海平认真地观察了当时的嫌疑人：这是一个30多岁的年轻人，个子不高，身材适中、皮肤白净，不像一般劫匪那般的充满野性和凶悍，但他的面部表情显得极其紧张而机警。他和被挟持人位于靠隔墙的一面，他们的左面是窗户，后来的特警狙击手就是从这面窗户瞄准嫌疑人的。被挟持人坐在办公桌前，嫌疑人紧挨着站在被挟持人的右侧靠后，一手紧抓被劫持人的右手，一手紧抓着爆炸物的开关。田海平清楚地看到这是一个压发式爆炸装置，也就是说他掌握开关的手只要一松或一按，爆炸物就会立即爆炸。这使他想起了几年前在人民广场"天山百货大楼"前发生的一起爆炸案。

那是十年前的2002年2月17日，当时临近春节的前夕，人们正沉浸在节日前购物的喜庆中，一名犯罪嫌疑人身带爆炸装置进入了"天山百货大楼"一楼购物中心，那里有正在热销的几十吨鞭炮，一旦发生爆炸，后果不可想象。按说那天的谈判是很成功的，天山分局西门派出所教导员赵新民已经将嫌疑人说服，并将嫌疑人带到大楼外面的空地上，乌鲁木齐市刑侦支队长（时任天山公安分局副局长）单笑夏亲自参与了这起案件的始末。就在单支队长去开车准备将嫌疑人送出危险区域的时候，一名老太太要回家，为了少走些弯路，她冲破警戒线要走捷径回家，执勤民警耐心劝说，她就和警察吵起来，一时引起人群骚动。就是这个突发的因素，可能引起了嫌疑人恐慌，以为要对他采取措施；也可能是一时的混乱分散了他的注意力，结果他一回头，手一松，一声巨大的爆炸声瞬间响起，犯罪嫌疑人当场被炸死，教导员赵新民壮烈牺牲，几名警察被炸成重伤，支队长单笑夏因为去开车才躲过一劫 …… 一个很小的因素就导致了一场本不应该发生的严重后果，这个惨痛的结果和血的教训至今都让人们记忆深刻、无比遗憾和惋惜，更令警察们悔恨不已和痛心。

那天的爆炸装置和今天极其相似，而今天的场景和后果又比那天还要严重。面对这样的情形，副局长田海平深知：采取任何的狙击或快速制服的方案都是不可取的，唯有谈判成功才是最好的结果。

此时此刻，关键是要稳定嫌疑人的情绪，了解嫌疑人的诉求。田海平以他几十年从事大案、重案、刑侦工作的经验和策略，他知道，越是这样的时刻越是要表现出轻松和善意。于是他采取真诚、友好的方式和嫌疑人交心，再加上他对石化厂区各方面的情况熟悉度，他很快就取得了嫌疑人的信任，并稳定了嫌疑人的情绪。于是，嫌疑人向他和现场的所有人讲述了事发的起因 ……

不该发生的案件

嫌疑人叫钟月银，男，汉族，1975年10月3日出生，湖北红安县人，案发前为石化设备安装公司的一名包工头。

　　实际上，他在石化打工已经有十多年了。他是一名电焊工，开始跟一个包工头干，在十多年的长期磨炼中，不但他的技术越来越好，而且对各种工作的程序、核算、要求等也都已全面掌握。车间老主任就劝他说，凭你的技术和能力，完全可以拉一帮人自己单干。他也早有此心，听老主任一说，更激发了他的创业决心。于是，他就回到了湖北老家招了30多个技术工人，这些虽然都是他的近老乡，但都是经他精心挑选的，全部都是有能力、能独当一面的技术工人，里面有焊工、铆工、钳工等，各样工种齐全。当时石化设备安装公司下面有11个包工队，可以说他带领的包工队论技术、设备和人员都算是最好的。他租了几间房子，把接来的人安置好，又购置了承接工程的各种设备和工具，几乎花光了他的所有积蓄。正当他踌躇满志、信心百倍地准备大干一番的时候，偏偏这时候老主任离任去外地学习了，由副主任何江接替老主任临时负责。如果这个何江能像老主任那样公平、公道也好了，即便不如老主任，哪怕差不多、说得过去也可以，然而这个临时主持工作的何副主任偏偏做人做事太离谱、太不近人情了，这就让矛盾一步步激化，事情也一步步朝着极端的方向发展……

　　石化厂区内的中小工程都由综合车间分配，因此，每天给11个包工队的工程也都由何江来安排。工程给谁不给谁，好活给谁不给谁，都是何江说了算。在这个小圈子、小天地、小王国里，何江就成了一言九鼎、至高无上的土皇上。虽然职位不高，但他却是这11个包工队实实在在的衣食父母。何江也很会用权，他让有的包工队总有活干，有好活干，让有的包工队没活干，连差活都没有。这里面的猫腻不言而喻，谁心里都明白。钟月银不愿敷衍趋势，也没有经济能力去送礼讨好，因此他自然成了后面的那一种。

别人都有活干，就是不给钟月银安排，即便安排，也是一些别人不干的杂活，如清扫垃圾、打扫卫生等，两个多月过去了，既没有一个像样的技术活，更别说哪怕一个小一点的工程了，他的技术工人和新购置的设备都在闲置着。有个包工队包了炼油厂的活，由于人员、技术不行，干了半截子就又干不下去了，何江就找到钟月银让他去干。钟月银二话没说，就带着他的工程队去干人家干不了的半拉子活，并认认真真、保质保量干完了工程。一方面让何江看到了他的包工队的实力，另一方面也等于是帮何江解了围。但何江并不领情，因此也丝毫没有改变他和他的包工队被排斥的命运，甚至连他的工程款也不能按正常结算，干了15、16万元的活何江只给核算6万元，砍了一半多。就这样给钟月银结清了也好啊，还一直拖着不给结账。

好事没钟月银的，摊派的事却少不了他。何江在一家农家乐摆了7桌子请朋友吃饭，他让每个包工队出1000元，钟月银也照掏不误。这些极大的不公正和带有侮辱性的伤害已经让钟月银心灰意冷到了极点，而且还看不到前途和希望。即便这样也还不至于让钟月银走极端，关键是不仅他的10万元积蓄已经付之东流、消耗殆尽，而且还欠着几万元的人工工资和几万元的房租，而且他的工人要吃要喝，这都是他从老家带来的老乡啊，都是他的远亲近邻，他怎么向家乡的父老乡亲交代，他们也都有一家人要生活啊。已经这样耗了两个多月了，还要耗到什么时候？期间，为了节省开支，他已经把一半人打发回去了，剩下的人也难以为继了，工人们愤懑的情绪和怨气也已难以安抚，那时候，他已经完全顾不上个人的损失了，只想着能稳定乡亲们的情绪，能对得起这些他亲自带过来的老乡。

为了维持生活，解决眼前的困境，他天天找何江要账，何江说没账可算。钟月银说你不算工程的账，就先把我们干的那些杂活结清，何江竟说那些活都是你们给厂里干的义务工，没钱。何江的一句话竟把他们辛辛苦苦干杂活的辛苦费也抹掉了。钟月银说那就先给我们借5万，我们现在实在没办法了，都没办法生存了，人都养不住了。何江说那不关他的事。无奈之下，钟月银就找了设备安装公司总经理万星星，把情况向万总做了反映。万总说，干了活就该给钱，怎么能不给呢。于是万总就让何江给钟月银先借5万，回头再从他们干的活里进行冲抵。钟月银又找到何江，何江还是找种种理由拖着不给借，钟月银又说，5万不行就先借3万也行，让我们先应个急，但何江还是不给借。

他的路被堵死了，他无法面对一再向他催要房租的房东，更无法面对一群向他讨要工资的老乡，他已经没有了丝毫回旋的余地。于是，在此万般无奈之下，长期压抑的愤怒和仇恨在钟月银的心底被激发了，也把他逼向了以身试法、走向极端的绝境。他认为，这一切都是何江造成的，所以我一定要让何江付出代价。他把后面的事情都想好了，他的计划就是分两步走：第一步就是要逼何江拿出钱来，把老乡们的工资结了，把欠房东的房租还了，把自己的身后事情解决了，同时也让何江身败名裂，至于自己最后的结局他已不做考虑；如果第一步不能实现，那么他就和何江同归于尽。他说他当过兵，曾在库尔勒当过几年武警，并在部队入了党，也有一定的觉悟，他痛恨何江这样的贪官，不把他逼急了他不会这样做。他说他不想连累其他任何人，只想和何江同归于尽。他对各种武器都很熟悉，对爆炸装置也有过研究，于是，他把老婆孩子都打发回了老家，独自一人开始做劫持何江的精心准备，一场本不该发生的人质劫持案就这样发生了。

他不知道他的行为已经严重违法，给这个大型国家央企的石油基地带来多么大的危害，给即将召开的"亚欧博览会"带来什么样的严重影响……

谈判在进行……

钟月银满怀悲愤地讲完事情经过的时候已经是泪流满面、痛哭流涕，在场人员也对他的遭遇深表同情。但是，身处其境、历经磨炼的人民警察们都很清楚：避免嫌疑人过于激动，恢复嫌疑人的情绪和平复心情是尤为重要的，因为他的手时刻掌握着引爆开关，即便不是有意的也可能引起爆炸。

副局长田海平有意将他与何江之间矛盾的话题引开，对他那颗受伤的心尽力给予安抚。对他不惜牺牲自己来换取乡亲们利益的人格和仗义行为给予肯定，对他在部队受党教育多年，并具备较高素质的品德给予了较高评价，这些对嫌疑人的情绪稳定和平复都起到了至关重要的作用，并使嫌疑人对田海平也有了极大信任。

和嫌疑人的谈话已经经历了近2个小时，嫌疑人始终保持一个姿势：一手紧抓被挟持人，一手紧抓引爆器。从上午10点30分到中午13点多，嫌疑人保持这种姿势已经近3个小时。由于心理压力，再加上天气炎热，嫌疑人的额头和脸上都是汗，汗水顺着脸颊又淌进脖子里。显然他在极力忍耐着，但他并没有因此而放松丝毫警惕和防范。一次次给他矿泉水他都拒绝不喝，即便公安人员喝过的水给他他也不喝，给他擦汗也不让擦，经过几番劝说后，也只是勉强接受了大队长卞忠友远距离地为他擦去了脸上、额上的汗水。

通过谈话，已经知道了他的诉求，那就是他要何江赔偿他16万元，这里面有工程款、工人的人工工资和他购买的设备款。他可能也早已知道了自己的结果，不可能，也没有机会再继续在这里干活了，因此，他把他为接工程而购置的设备款也算进来了。经过核实，他并没有多算，还是比较客观真实的。人工工资和工程款是有据可查的，表都是造好的，随时通过财务就可以把钱领出来，至于他的设备也是按实际进价算的，也好处理。谈判组同意了他的要求，接下来就进入了实质问题，那就是怎么给付，由谁给付，在哪里交付，怎么能让嫌疑人相信是真的给付等问题。

这个时候，市局派来的谈判专家李刚也来到了谈判现场，出于对油城分局副局长田海平的关心，现场指挥部考虑到他年纪大，已是58岁的人了，怕他身体吃不消，建议他退下来，后面由谈判专家接替他和嫌疑人谈。但田海平不同意，他说：嫌疑人情绪已经稳定，对他也有了信任感，他对石化内部情况也比较熟悉，在语境上、环境上也更容易和嫌疑人交流，和嫌疑人有更多的交流点。如果后面换了生人，势必会让嫌疑人警惕、紧张和各种猜测，要重新建立信任关系，恢复前面的谈话结果将更加困难，不仅将延长谈判时间，还有可能发生其他意想不到的潜在危机。指挥部同意了田海平的要求和建议，后决定由他和谈判专家李刚共同和嫌疑人继续谈判。

田海平还向苏彦冰提议：在没有得到谈判组明确提示下，绝不能采取除谈判以外的其他行动。因为他认为：一方面除谈判以外采取其他任何行动都是冒险的；二则保护人质是重要的，但嫌疑人也应该受到保护。嫌疑人虽然犯罪，但事出有因，也罪不至死。从人性上，从心理上，他对嫌疑人抱有极大同情，更不愿意看到嫌疑人更悲惨的结局。实际上这并不是他一个人这样想的，大家都怀有同样的愿望。

此时，在市局苏彦冰副局长的统一指挥下，各方人马全部到位，6个行动小组按他的指令也早已分头行动。外围封控组已严密封锁现场，将所有无关人员和群众疏散至危险区域之外；防爆恐处置组已经选择好了最佳位置，狙击手的枪已经瞄准了嫌疑人的关键部位，一声令下，即可将嫌疑人一枪毙命；谈判组的田海平和谈判专家李刚继续和嫌疑人谈判；调查取证组查证、提取嫌疑人有关信息，前往嫌疑人住处进行相关调查；情报判研组就嫌疑人的社会关系及犯罪动机进行研析；现场处置组将根据谈判进展情况和嫌疑人的情绪、动机、动作随机处置，如情况有变，迅速将嫌疑人制服。

与此同时，副局长苏彦冰指令特警排爆队员化妆后携带专业仪器，对嫌疑人携带的疑似爆炸装置进行检测、判别。情况很快反馈回来：对嫌疑人携带的爆炸装置共选择了3个点进行全方位测试，一个是劫持现场房间的门口，一个是劫持房间的右隔壁房间，这两个点都距劫持现场稍远一点，说远也仅有5—6米的距离。还有一个距离劫持现场最近，也就是劫持现场的左房间，嫌疑人和被劫持人都靠近隔墙，检测仪器和嫌疑人身上的爆炸装置只是一墙之隔，仅有几十厘米的距离。但是，无论在哪个地方检测，均显示嫌疑人身上的爆炸装置含有炸药成分，这说明嫌疑人身上的爆炸装置是真的，而不是假的。调查取证组反馈的信息也充分地证明了这一点：在嫌疑人的住处发现了大量的被拆除的礼花弹和鞭炮纸屑，地上散落部分带有火药成分和粉末，同时发现剪刀、电线、黑色胶带等物品。通过走访其关系人了解到：钟月银长期从事电焊工作，曾有部队工作经历，期间因个人爱好自行拆卸过手榴弹和子弹，知晓爆炸装置基本制作原理。同时，关系人反映其近日多次流露出轻生念头。至此，认定嫌疑人携带爆炸装置的可能性极大，情势极其危险，苏彦冰根据现场情况认定：不到万不得已，决不能贸然采取其他措施，以谈判成功为最佳方案。

谈判在继续……

外面发生的情况和采取的措施，丝毫没有影响到谈判现场，谈判在继续。

李刚当时是市局刑侦支队三大队大队长，也是经过专业训练的谈判专家。他曾于2005年在国家公安部"人质危机处理谈判高级研修班"里进修一个月，后来经过自己的专研和探索，逐步成为新疆刑侦队伍里少有的谈判专家。在后来采访中他对笔者说：在我国，处理人质危机事件也是近几年才有的，对于人才的培训、使用等管理机制还都处于摸索阶段，不像西方发达国家已经有了一套成熟的管理机制和经验。他对促使"谈判"成功的特点和意义有着自己独特的理解。他说：通过谈判化解危机，是处置人质事件的最高境界。而在谈判中最重要的就是要取得嫌疑人的信任，要了解他的诉求，要让他看到你的真诚，要让他看到希望，让他感到你是在设身处地帮助他解决问题。即便李刚是经过专业培训的，但更多的也是停留在理论上，既缺乏谈判经验，也无成功的经验可借鉴，所以说当时的场景对他来说也是一次严峻的考验。

但事实证明他是一位很专业的谈判专家。他进来后就把武器交给了门口的民警，然后抬起手在嫌疑人的前面转了一圈，证明他的身上再没有其他武器，让嫌疑人放心，他不会对嫌疑人构成危险和伤害。

田海平向嫌疑人介绍说：这是市局派来的，也是来帮助你解决问题的。有他在，你的问题和条件也更好解决，也好让你更放心。看着李刚真诚、善意的目光，嫌疑人很快打消了疑虑，李刚也很快取得了嫌疑人的信任。

现在就开始谈实质问题：16万元钱怎么给，怎么交接？是直接到银行里面取？是给他打卡？是将钱交给一个他信得过的人？还是将钱拿到现场当面交给他？谈判人员将这些选择交给嫌疑人，请他自己选择。

但这些方案嫌疑人都不同意，他说他谁的钱都不要，只要被挟持人何江的钱，因为这些都是何江造成的，必须由何江个人来补偿他的损失。谈判人员说，这样也可以。那你将身上的东西卸掉，放开何江，然后我们拉着你和何江一起到银行去取钱。一听让他卸掉爆炸装置，放开何江，嫌疑人又不同意了。谈判人员说：何江现在被你劫持着，他的身上也没带那么多的钱，要他拿钱你只有把他放开他才能去办啊，何况在短时间里他也不一定能筹到那么多的钱啊。

这些都是现实问题，嫌疑人也感觉到不好解决。是啊，让他放开何江这是他绝不能答应的，那等于是放虎归山、束手待毙。但是不放开，又怎么能拿到钱呢？如果他押着何江去筹钱也是不可能的，要到他家，再到银行等，这可能吗？他一出这间房子，就有可能被一枪毙命。嫌疑人也没有了主意，一时间，谈判陷入僵局。

这个僵局只有谈判人员来打破，谈判人员又向嫌疑人提出一个新的方案：钱由石化设备安装公司出，你的一切损失都由安装公司来弥补，因为你一直在给他们干活，他们本来就欠着你们的工资和工程款，而且目前也只有他们能在短时间内拿出这么多的钱。但这个方案嫌疑人还是不同意，他坚持钱一定要由何江个人来出。

考虑到嫌疑人的心理和处境，只有拿出一个既操作性强，又让嫌疑人能够接受的方案才能解决问题。田海平和李刚商议后又提出了一个新的方案：钱先由安装公司来出，等于是何江个人借公司的钱，让何江给公司打欠条，然后每个月公司从何江的工资里扣，直到扣完为止，让他几年都翻不过身。嫌疑人听了以后想了一会儿，觉得这个办法可行，但又怀疑会不会真的扣何江的工资。于是，谈判人员立即让民警叫来了公司经理万星星，三头对面，万星星当面表态：这一切后果和损失都是因何江引起的，不但要扣他的工资，还要撤销他的副主任职务。

经过和嫌疑人一番认真商讨和仔细推敲后，嫌疑人也觉得再没有比这更好的方案了，经过一番思考和犹豫后，嫌疑人终于同意了这个方案。谈判有了突破性进展，消息即刻传到现场指挥部，刘继运书记立即拍板从公司财务调取现金16万，又快速送到谈判现场。这16万元现金全部装在一个背包里，田海平将钱拿出来一摞摞数着放在桌子上，整整16摞，一分不少。

然后让何江打条子。从早上的10点30分，到现在的下午3点，经过4个多小时的紧张、煎熬和惊吓，被劫持人质何江已是精神萎靡，神情黯然，身心疲惫，身体几乎不听使唤，他颤抖着手拿起笔，却怎么也写不成字，简单的一个欠条废了好几张纸和很长时间，在民警的帮助下才算勉强完成。欠条的大意是：何江欠设备安装公司现金16万元整，同意在本人工资中按月扣除。然后是签名和年月日。然后又拿给嫌疑人看，钟月银看后没有提出异议。

田海平让嫌疑人看着，又一捆捆数着将16沓百元现钞放进包里。然后对嫌疑人说：按照你的心愿，我们该做的都做了，现在该看你的了。然后提议，让嫌疑人放开人质，将身上的爆炸装置卸下，然后双方同时进行交换，嫌疑人将爆炸装置交给警察，警察将装有16万元现金的背包交给嫌疑人。

似乎这个提议让嫌疑人深感为难，他既不表示反对，也不表示同意，一直在思考着，犹豫着，很难做出抉择。似乎他也明白眼前的现实：如果反对，没有更好的理由，也没有更好的方案；如果同意，那么如果他一旦交出爆炸装置，就等于他的一切都交给警察了，包括那16万元现金。他所做的一切努力和目的能不能实现，都完全取决于警察的话算不算数、可不可信。实际上，他最后的决定都取决于他对谈判人员和警察的信任度。

时间在一分一秒的度过，他始终在犹豫着，迟疑着，就是在这个环节，他整整用了40多分钟。

从早晨的11点到现在，他和谈判人员面对面地僵持已经4个多小时了，这期间，他没喝水，没休息，没有换姿势，一直站立着，思想和身体都始终保持高度的警惕，可见他具有较好的体质和较强的耐力。

这期间，谈判人员以真诚、善良的愿望和他以心交心，循循诱导，从法律、从人性的角度和他谈心，让他知道、让他明白，让他相信人民警察说话是算数的，那些钱本来就是他应该得到的。而且只有相信警察，依靠警察，他的愿望才可能实现。否则，还能有其他更好的办法吗？

谈判人员的真诚和入情入理的劝导终于打动了他、感化了他。40分钟后，他终于艰难地做出了决定：同意谈判人员的提议。他沉重地对两位谈判人员说：好吧，我就相信你们一次吧！

但他又提出了最后一条要求：在把他带走之前，请容许他回家一趟，他要当面结清他那些老乡的工资欠款和房东的房租，这样他才能走得安心，否则，即便在监狱里，他的心也不会安宁的。

心有所系，情有所累，他的负责任精神也感动了在场的警官，于是，谈判人员很干脆地答应了他的要求。田海平对嫌疑人说：你放心，你对他们负责任，我们对你也负责任，我们一定完成你这最后的心愿。

一旦做出决定，嫌疑人就显得很主动，极力配合公安人员。他首先放开了被劫持人何江，然后又自己主动拆卸了爆炸装置引线，并将拆卸后的爆炸装置交给了警察。李刚也立即将装有16万元现金的背包挎在了嫌疑人的脖子上。

至此，时针已指向15点55分，人质被成功解救。当李刚手举爆炸装置，田海平和卞忠友押着嫌疑人钟月银从房间里走出来时，全场里里外外所有人都松了一口气，放下了一颗颗悬着的心。一场长达4个多小时的艰难谈判终于胜利结束了。

后经鉴定，嫌疑人携带的为自制爆炸装置，并且是上下连体的两个爆炸装置，上面的是假的，是诱饵，下面的那个才是真的。即便采取快速行动能控制他手中的引爆按钮，但在取下上面的假爆炸装置时必将引爆下面的那个真爆炸装置。所有人都暗自庆幸，幸亏谈判成功，否则后果将不堪设想。

兑现承诺

当嫌疑人戴着手铐被警察带出劫持现场房间，又被带进警车的那一刻，似乎这场惊心动魄的人质劫持案就宣告胜利结束了，因为嫌疑人已完全失去自由，他的全部都完全在警察的掌控之下。虽然那个装有16万元现金的背包还挎在嫌疑人的脖子上，也似乎是形同虚设，因为他已经没有能力掌握那些现金和自己的命运了。

事情并非如此，虽然他已失去自由，但那些现金仍然完全由他支配。尽管犯罪嫌疑人钟月银已严重触犯了法律，但市局和分局领导对他是负责任的，对他也有着更深远的考虑。是的，要挽救一个人，要让他今后更好地改造，就要让他对生活、对人生充满希望，既要显示法律的威严和铁面无私，也要显示法律的公平、公正，让他既感受到人性的关怀也感受到法律无情下的有情。

人民警察在严格履行着自己的诺言，田海平和卜忠友带着嫌疑人正向他的租住房走去。进了他的家，按照他的要求，叫来了所有工人和房东，又按照他的要求分配，他的那些老乡民工们都收到了久违的工资，他们又都一一打了收条。

那是一个令人百感交集的现场：他不惜以生命为代价，在最后一刻为他们讨回了工资，而他将要去度过他的漫长的铁窗生涯……他的那些老乡们对他报以无限感激和恻隐之情，他们为之动情，为之动容，许多工人都是含着眼泪将工资领到手上的……

还清所有欠账共支出6万元，还剩10万元应该是属于他自己的了，但这些也仅是他所有投资购置设备和花销的费用。他确实没有为自己多算，只是收回了自己的成本，而且还没有算他的利润和工资。

剩下他自己的10万元和那些收条放在了一起，问他怎么处理？是交给他信任的人保管？还是由警方暂时保管，等他的妻子和孩子来了交给他们？

他毫不犹豫地对田海平说，我相信你们，就由你们保管，回头交给我妻子。他对警察们充满了无限的感激之情，他向警察们深深地鞠了一躬，含着泪向警察们表达了他最后的心声："谢谢你们，是你们让我完成了心愿，让我再没有遗憾，我对得起我的乡亲们了，我可以安心地跟你们走了。"

手铐紧锁着嫌疑人钟月银的双手，他被警察带走了，带到他该去的地方了。尽管他劫持人质事出有因，但是他已严重触犯了法律，他也必须受到法律应有的惩罚，后经法庭审判，他被判了刑。

被劫持人何江，因贪污受贿、滥用职权，被石化公司撤销综合车间副主任职务，调离岗位。相信这起案件对他也是一个严重的警示和教训，能让他的灵魂干净一些。

人民警察田海平和李刚，因成功解救人质，双双荣立二等功……

不是结束语

这起案子到这里似乎已经圆满地结束了。通过这起案件，我们看到了警察们人性执法的一面，这给嫌疑人认罪伏法、认真改造、重获新生留下了一条充满希望的光明之路，这让我们所有人都感到欣慰。但是，通过这起案例，从另一个角度不能不引起我们的深思……

这原本是一起不该发生的案子。只因一个小小的车间副主任何江，利用手中的那点权力，利欲熏心、为所欲为，把那点权力发挥得淋漓尽致，在以他为中心的那个小"天国"里，制造了那么多的不公平、不公正，从而引发了这起案件。可以想象到，在社会里还有多少个层面，多少个角落，还有多少个像何江这样的"张江""王江"，在同时制造这样的事件！

在那么多连绵不断、层出不穷的上访、请愿人群中，在那些已发生的众多刑事、民事案件中，因这样的原因而引发的案件和事件还少吗？这些因素无疑已成为严重影响社会稳定、引发事变的源头和病毒。权力一旦失去控制和约束，一旦冲出牢笼，哪怕再小的权力，都会给我们这个社会带来无尽的危害，只是危害的程度不同而已，这不能不让我们为此感到愤慨和担忧。

所幸的是，在以习近平为总书记的党中央反腐倡廉高压态势的坚决打击下，一批批"老虎""苍蝇"纷纷落网，而且这种打击是长期、持续的、零容忍的，并将形成一种长效机制，这让我们感到了无比欣慰，也让我们看到了希望：我们将感受到更多的公平、公正，我们的家园将更加和谐、幸福，我们的心灵也将沐浴更多的温暖和阳光。

夜幕下的罪恶黑手

——乌鲁木齐 "4·2" 持枪绑架人质案纪实

引 子

2003年4月2日凌晨6:40许，警方接到报警：4名犯罪嫌疑人闯入乌鲁木齐市地窝堡河南庄子四队一民宅，绑架两名人质后劫持受害人的本田雅阁轿车逃窜，同时向人质亲属索要赎金100万。来自红山脚下的刑警，闻风而动，一场惊心动魄解救人质的战斗开始了。

一、午夜时分 惊魂一刻

一切归于平静。夜，静得可怕。

徐小富打了个呵欠，抬眼看看表，已到了午夜零点。他起身熄了灯，准备睡觉。为了不影响妻子休息，就朝着另一间卧室走去。此刻的他并不知道，门口的大狗已死于非命；他更没有料到，再度醒来，等待他的却是一个精心策划的阴谋。

新疆地大物博，她以母亲般的宽广胸怀接纳着来自五湖四海的异乡游子，其中的许多人都在新疆扎下了根，他们热爱并建设着这片广袤无垠的土地。

黄河是中华民族的母亲河，千百年间，她在哺育华夏各族儿女的同时，也给人们带来了无尽的灾难。自古以来，黄河数次决堤泛滥，致使其流域附近的居民家破人亡，流离失所，不得不举家远迁，离开这片沃土。20世纪30年代末，从河南黄泛区辗转迁来一大批河南人，在乌鲁木齐市郊建成了尽人皆知的"河南庄子"。居民中的绝大多数人不是老乡就是亲戚，当然，也散居着少数其他省份的人。

徐小富，一个来自浙江的精明商人，目前是新疆享有盛誉的一心家俬公司的总经理，河南庄四队的村民中没有不认识他的。他的厂子规模很大，以做实木家具而闻名，资产已逾千万，这在乌鲁木齐，乃至整个新疆的同行业中都是不多见的。

凡事总有利弊，财富也不例外，财富既能给人以安全感，也有可能给人带来杀身之祸。

2003年，一件发生在河南庄子的事件打破了村落的平静，人们都没有想到，这个默默无闻的村庄竟然会暗藏着如此浓重的杀机……

4月1日这天，天气阴沉沉的，一直断断续续地下着小雨。天刚一擦黑，一幢二层小楼里就早早地亮起了灯光，这里是一心家俬公司总经理徐小富的家。客厅里宽敞明亮，棕黄色的真皮沙发在几盆名贵绿色植物的映衬下，愈发显得古朴典雅。沙发上坐着一对中年夫妇——徐小富和妻子郁岚。他们看起来很兴奋，正热烈地谈着些什么。

21时，天完全黑透了。徐小富对略显疲惫的妻子关切地说："小岚，这两天你也够辛苦了，早点去睡吧！"郁岚冲他微笑："你也早点歇着，别太累了。""好！"徐小富点了点头。目送着妻子郁岚离去，一股暖流缓缓涌上徐小富的心头，过往的一幕幕在他的脑海里逐渐清晰起来。

妻子郁岚年轻漂亮，比他小十几岁，高中文化程度，各方面都较只有小学文化程度的他强许多。当初妻子对他不离不弃，顶着各方面的重重压力始终与自己同甘共苦，他在内心对妻子无比感激，发誓一定要让妻子过上令人羡慕的富足生活。为了这个信念，这份承诺，他不远万里从故乡浙江台州市来到充满无限生机的新疆，一点点地开创着自己的事业。多年的辛苦打拼终于换来了丰硕的回报：妻贤子孝，生活安定富足，还有着丰厚的资产。

四队以来疆务工的河南人居多，一排排不算整齐的平房中零星分布着几幢二层私宅，徐小富的家在这里显得很独特，很醒目。他家的院子很大，整个房间的布局是完全按照主人的意志设计的：朱红色的大门开在西侧，面南背北的主楼对面是几间平房，锅炉工陈仕财和他的一双儿女住在其中的两间，另一间是车库，里面有一辆价值不菲的灰绿色本田雅阁商务车。陈仕财跟随徐小富有七八年了，徐小富对他很信任，他的主要职责是烧锅炉，平时看护整个院子，干些喂喂狗，养养花，锄锄草之类的杂活。

主楼分两层，一楼住着的女保姆，主要负责主人的饮食起居，二楼住着徐小富夫妇。有专人照顾他们的生活，徐小富和妻子郁岚把全部的精力都放在了事业上。

时针指到了23时，尽管徐小富的面容有些憔悴，但精神状态仍然很好。一想到自己的家具厂，他就不由得兴奋起来：随着时间的推移，他的资产像雪球一样越滚越大。男人是财富的创造者，财富越多，证明能力越强。想到这里，他不禁有点得意，一丝倦怠随即袭上心头。

迷糊中，他被一阵狗的狂吠声惊醒了。楼下忠实看门的大狗跟随他多年，到了每年的三四月间的发情期，总是显得很狂躁。这种情形，他早已习惯了。狗叫了很久，徐小富并没有在意，也没有多想，只以为是天气异常导致狗的情绪反常。"这个死狗，真吵得人心烦！"他心中一边暗暗骂道，一边朝着卧室走去。

狗的叫声停止了，徐小富很快就沉沉地进入了梦乡。谁都不会想到，在这万籁俱寂的夜幕下，竟然隐藏着不可预知的危险……

就在此时，在徐小富的卧室里，两个身穿迷彩服，头上戴着只露出眼睛的灰绒线帽子的黑影猛地闯进来，迅速用被子将正在酣睡中的徐小富蒙住。徐小富突然被惊醒，拼命地挣扎着，但苦于手无寸铁，根本敌不过他们，很快就被按倒在床上。他毕竟见过世面，虽然心里十分惊恐，但还是相当镇定地厉声问道："你们是谁？你们要干什么？！"

"老实点，不然宰了你！"紧接着，两把砍刀就架在了徐小富的脖子上。

徐小富并不妥协，一边使劲地扭动着身躯，一边拼命地大声喊叫："来人呀，救人呀！"全然不顾架在脖子上的大刀。两个歹徒本想吓唬他一下，并不打算真的杀他。被他这一喊叫，其中的一个不由得慌乱起来，手一哆嗦，砍刀划伤了徐小富的脖子。"你小心一点！"另一个及时说道。说时迟，那时快，就在他愣神的一瞬，徐小富猛地挣脱了歹徒的束缚，一把夺过砍刀，挥舞着大刀朝这个歹徒的头部连砍两刀，歹徒猝不及防，鲜血汩汩地流出。顿时，歹徒感觉到一股又咸又涩的浓稠液体经过眼睛流入嘴里，眼前一片模糊，头昏沉沉地疼起来。为了保持清醒的头脑，他不由得狠狠地朝自己的脸上抹了一把，却在无意中把帽子掀了起来。

"高洪德，怎么会是你？"这太出乎徐小富的意料了。他实在不敢相信眼前的事实：昨天自己还亲手给他发过工资，今天怎么就变成了入室抢劫的劫匪？

另一个歹徒见势不妙，抄起身旁的椅子朝徐小富的背后砸去。然后两人迅速将失去反抗能力的徐小富的双手反剪着绑了个结实，把他的嘴和眼睛用白胶带牢牢地封住。

眼前一片漆黑，徐小富的脑子里乱极了。想着刚才骇人的一幕，他的思绪不由飘向2002年3月的一天：高洪德是经曹东红的介绍来到他的厂子的，对了，两个歹徒中一个是高洪德，另一个呢，看那身影，听那声音，一定是曹东红！记得高洪德刚来厂子的时候，是个很憨厚老实的小伙子，干着厂子里最苦最累的活，却不吭不哈，任劳任怨。那年的8月，高洪德不慎被机床误伤，自己还给他垫付了百分之七十的医药费，他怎么恩将仇报呢？想得头都有点发昏了，他还是想不出个所以然来。

其实他并不知道，正是8月的那次工伤，使高洪德埋下了仇恨的种子，也给自己惹来了杀身之祸……

二、蓄谋已久事出有因

高洪德和曹东红都是一心家具厂的职员。曹东红生于1968年，2001年就来到了一心家具，是个有22年木工经验的木匠。在一次回河南扶沟探亲的时候，劝说比他小五岁的高洪德来疆。为了能有更好的发展，高洪德于2003年3月同他一道踏上了西行的列车。

带着对新疆的好奇与新鲜，高洪德来到一心家具厂。在曹东红的关照和帮助下，高洪德工作很努力，技术一天天地长进着。

虽然高洪德表面上洒脱快乐，但也有着不为人知的苦闷：尽管他很努力地学技术，但在这一行里毕竟是新手，这就意味着他不得不干厂里最苦最累最危险的活，而工资却比别人拿得少。有时他心里很不平衡，但由于内向讷言，只好将满腹的委屈深深地藏在心底。为了驱除异乡的孤独感，在新疆的外地人通常都有认老乡的习惯。"老乡"成了人们在异乡彼此间的慰藉，虽不是亲人却胜似亲人。王保罗和魏占汉就是在一次吃饭时，经朋友介绍与高洪德认识的。

王保罗比高洪德大两岁，也是扶沟县人，近老乡使他们之间的距离拉近了许多。王保罗来疆之前在老家侍弄着自己的一亩二分薄田勉强度日。为了改变家人的生活状况，他不远万里来到新疆"淘金"，来了后他才发现新疆并不像别人说得那样遍地是黄金。他没有学历，没有技术，也没有多大的能力，在新疆根本无法实现他的梦想，只有干些出卖力气的工作，生活境况很不如意。

魏占汉是河南清丰县人，仅上到小学二年级就辍学了。尽管在25岁时学过几个月木匠活，却一直在家务农。2002年来到乌鲁木齐后，在商贸城、准噶尔市场等地靠扛包维持生活。

闲暇的时候，这几个只有小学文化程度的老乡时常聚在一起，打打牌，喝点小酒，以此排遣不时袭来的寂寞。

如果不是发生在2002年的那一场变故，这四个老乡自由快乐的日子也许会一直延续下去。正是由于这一事件的发生，使他们的命运产生了根本性的改变。

2002年8月的一天，正值三伏，天气热得像蒸笼。闷热的天气和家具厂机器的轰鸣声让工人们的心情异常烦闷。由于头天晚上天气太热，没有休息好，到了中午，高洪德有点儿恹恹欲睡。正在他犯迷糊的当儿，一阵钻心的剧痛令他顿时清醒了许多。附近的同事看到他被机器误伤，都停下手中的活儿。等大家七手八脚地将他送去医院包扎时，才发现机床周围殷红的鲜血洒了一地。

住院期间，曹东红和单位的同事时常抽空来看望高洪德。徐小富也来看过他，说了一些宽慰他的话，让他安心疗伤，别的什么都不用操心。听了老板的这番话，高洪德安下心来在医院里静养。对老板徐小富，他是心存感激的：单位给他报销百分之百的医药费他认为是能够兑现的，从老板关切的言语里他深信不疑。有了这颗"定心丸"，他不再有任何顾虑，身体的疼痛仿佛一下子减轻了许多。

过了两天，曹东红来看望他时带来的一个消息，使他快乐的心情一下子冰凉到了极点。由于医药费超出预算很多，徐小富便将费用的百分之三十摊到了高洪德的头上，每月从他的工资里扣。得知这一情况，高洪德没有心思养病，伤势还未痊愈，就提前一周回厂子上班了。

高洪德对此十分不满，认为老板为富不仁，多次找徐小富理论均未达到他想要的结果。从此把对徐小富的怨恨深深地根植于内心。此后，高洪德的情绪变得消沉起来，做起活来也不像以前那样卖力，抱着混日子的态度一天天打发着光阴，这时候喝酒成为他的最爱。

在一次偶然的机会里，他和曹东红无意中听到同事说起老板徐小富每月仅工资就要给工人发出去几十万。"老板那么有钱，却要克扣你的医药费，有钱人的心也太黑了！"曹东红不满地说道。这番话又勾起了高洪德对徐小富的怨恨，他咬牙切齿地说："我一定要报仇！一定要报仇！"

"要给有钱人点颜色看看！"他们想到一处了。情绪稳定下来之后，两个心存不满的老乡就开始商量如何去实施他们的绑架计划。但实施绑架的人太少，他们不由地想到了王保罗和魏占汉。

10月中旬在高洪德家里的一次小聚中，王保罗和魏占汉得知了高洪德的遭遇，王保罗显得很激动：

"天下乌鸦一般黑，老板都是黑心狼。"王保罗愤愤地说，"我们拼死拼活地给他们干，到头来也拿不上几个钱。他们靠压榨我们吃香的喝辣的，我们却过得这么苦，这世道真不公平。"

"我们辛辛苦苦一年到头养肥了他们，他们却不顾我们的死活，我为了给徐小富挣钱，差点弄成残疾，他却这样对待我，我恨他恨得牙都痒痒。凭什么他就该享福，我就该受苦！把他们的钱分给我们才公平。"高洪德气愤地说。

"对，要挣就挣有钱人的钱！"曹东红接上话茬。这时，他要扮演煽风点火的角色。

"老子就不信这个邪，迟早有一天，老子要让这些有钱人出点血，煞煞他们的威风。"高洪德趁势说道。他的脸在迷乱的灯影下涨得通红，恶狠狠的眼神有点狰狞，呼吸声也由于异常的激动变得粗重起来。魏占汉在一旁不住地点头应承着，情绪也十分激动。

高洪德的这番言语，得到了同伙的一致同意。血管里的血液在燃烧，这四个情绪激昂的男人在酒精的麻醉下放浪形骸，一个罪恶的计划在这里萌生。

在以后每次相聚中，高洪德总不忘说出自己的想法：有适当的机会时绑架徐小富，搞些钱回来，哥几个平分。几个老乡并无异议，个个状态昂扬，十分积极地出主意，想办法。

日子过得飞快，转眼就到了第二年的3月。3月上旬的一天晚上，是高洪德、曹东红、王保罗、魏占汉新年后的第一次相聚。久别重逢，他们畅所欲言，一同商量起了计划的具体实施方案。

"兄弟们，听我说，我们厂里31号发工资，我们趁老板没发工资之前连工资款一起抢了，如果抢不上钱，就把老板绑架出来。"

"对，如果把老板绑架出来就藏到魏占汉的出租屋里。"王保罗接着说。

"不行，市里不行，人可以藏在房子里，车子的目标太大，怎么办？还是开车到乡下找个出租房把人藏起来。为了不引起别人的怀疑，我和曹东红继续回厂子里上班，你和魏占汉向老板家人要钱。"高洪德对王保罗说道。

这一次，事情有了实质性的进展，罪恶的计划就这样在一场饭局上正式敲定了。回去后，几个人分头行动，各自准备着作案工具。

三、罪恶黑手　伸向徐宅

3月31日就要到了。

马上就要实施自己预谋已久的计划，高洪德精神状态很好，积极地筹划这件事。他让每个人分别买一把匕首和大砍刀，为了保险起见，还让别人在北园春附近买了一支玩具手枪，仿真程度很高，不仔细看，根本分辨不出真假。他自己买了三支手电筒，还问朋友要来一个尖嘴钳子。一切都准备停当了。

由于厂子效益好，3月31日那天，徐小富早早地就给工人们发了工资。高洪德心想老板发了工资，钱剩不下多少，当天实施抢劫计划就没有什么意义了。他随即拨通了王保罗和魏占汉的电话，约他们4月1日晚上10点到他家里。临回家时他对曹东红说："老大，我们明天晚上行动，到时候在我家里碰头！"曹东红应承了一声后，两人就此话别。

晚上10点半的时候，几个人都来到了高洪德的住所。高洪德跟大家商量着："徐小富家就在附近，我们12点出发都来得及，院子里有一条狗，我们先过去把狗毒死，等4点左右再动手。到时候问他要100万，事成之后咱兄弟几个平分，离开新疆，各过各的好日子。先这样定下来，要是有变化，到跟前再说。"

接着，他给王保罗和魏占汉一包安眠药和老鼠药，说："小罗，你俩把药拌在鸡肉里，先让狗去'睡觉'，顺便熟悉一下周围环境。我们在外面等着。今天下雨，正是动手的好时机，看来老天爷都在帮助我们成功！"

午夜零点左右，王保罗和魏占汉来到徐小富家的二层楼前，匆匆将一只死鸡抛向门口的大狗，然后四个人一起向着高洪德家走去。

回到家里，几个人虽然有些紧张，但很亢奋，个个摩拳擦掌，开始了行动前的准备工作。高洪德和曹东红各自穿着一套厂里发的迷彩服，头上戴着用毛线织成的灰色的遮脸的帽子，为方便行动，脚上都穿着黑色的布鞋。王保罗穿一套深色西服，戴着一副白色口罩，魏占汉则穿着一身灰色的牛仔服，也戴着一副白色口罩。每个人都戴着白色的绒线手套，腰里别着匕首，手里握着砍刀。高洪德还带了仿真手枪，一卷白胶带和一捆绳子、尖嘴钳子之类的作案工具。

4月2日凌晨3点半左右，四个人开始动身。到徐小富家门口，高洪德将手枪等作案工具分别交给王保罗和魏占汉，他们翻过院墙到了院子里。魏占汉先在院子里放哨，其余三个人顺着墙角的梯子爬上二楼。等他们都进入后，魏占汉也随后跟着上去了。因害怕被人发现，他们连灯也不敢开。曹东红和高洪德尽管知道徐小富住在二楼，却并不知道具体在哪一间。高洪德有点慌了，便没有按计划行事。他对大家小声说："你们都待在这里别动，我挨个去找一下。"说完就蹑手蹑脚地查找起来。过了一会儿他过来对王保罗和魏占汉说："他们两口子不在一个房子，你们两个去那边绑女的，我和曹东红收拾男的。"说完，四个人就分头行动了。

高洪德和曹东红冲进徐小富的卧室，尽管徐小富拼命反抗，无奈他身单力薄，最后还是让劫匪绑了个结实。不慎被徐小富认了出来，高洪德原定的计划都被打乱了，他只有走一步看一步了。

在另一间卧室里，事情却进行得相当顺利。当郁岚被一把黑洞洞的手枪抵住太阳穴的时候，就已经听到隔壁房间丈夫的挣扎和喊叫声。此时郁岚非常明白，反抗根本就是徒劳的。听到王保罗等歹徒说只是向他们要钱，并不想伤害他们夫妇，郁岚才稍稍松了一口气，随即很顺从地配合着劫匪们。

楼上的响声惊动了楼下的保姆，当她循声赶来时，站在门口的曹东红伸出脚来把她绊倒在地，很快用绳子捆住了她。见女主人被几个蒙面歹徒挟持着，女保姆便不再吱声。

"老板娘，识相点，拿出100万现金，我们立即放了你们夫妇。否则，别怪哥几个不客气！"满脸是血的高洪德恶狠狠地对郁岚说。

"前几天才给华凌展厅交过费用，手头只剩下十几万，今天实在是凑不齐，再宽限几天行不行？"郁岚神色戚戚地哀求道。

"不行，宽限你了我们怎么办！今天你是拿也得拿，不拿也得拿，否则，你自己看着办！"劫匪们紧紧相逼。看着歹徒们狰狞的面孔，想着命悬一线的丈夫，郁岚的心颤抖了：如果破财真的能消灾，就算是不幸中的万幸了。

"好吧，我答应你们的条件。只要不伤害我们，怎么都行。"

"老大，在房子里看看有没有钱，把能找到的钱都找出来。"高洪德对曹东红说道。

曹东红翻遍所有的角落，最后在门口的一个女包里找出两万多元现金交给高洪德。

高洪德命令着郁岚，"现在你去把大门钥匙、车钥匙都拿出来后跟我们走，打电话叫人把钱筹齐后，我们就放了你们。不许报警，否则别想活命！"

"小罗，你带着老板娘去拿钥匙，我和小魏在这里看着人。"见事情进行得这样顺利，高洪德喜不自禁，沉着果断地指挥着大局。

郁岚说："大门和车库钥匙不在我这里，在烧锅炉的陈仕财那里。

"锅炉房有几个人？"王保罗问道。

"一个大人，两个小孩"。

王保罗遂把魏占汉叫来一起押着郁岚向锅炉房走去。

一阵急促的敲门声把陈仕财从睡梦中惊醒，"谁呀，这么晚的……"他懵懵懂懂地应着声，打开了房门却猛地被眼前的一幕惊呆了：只见郁岚被两个持刀的蒙面男子挟持着，大刀在清冷的夜色下闪着寒光，陈仕财不由得倒吸了一口气。

"快，快去把大门和车库的钥匙交给他们！"惊恐万状的郁岚吩咐道。一交出钥匙，陈仕财和儿子、女儿就被歹徒们绑了起来。

为了拖延时间，这时郁岚才说："车钥匙在客厅里。

"小魏，你在这里看住他们，我们上楼去找车钥匙！"王保罗对魏占汉说。

"老板娘，快说车钥匙放在客厅的啥地方，别给我要花招，你今天是栽到我们手里了，没人能救你们，最好乖乖地听我们的话。"见郁岚故意磨蹭，王保罗威胁道。

"在客厅茶几的抽屉里，抽屉里有一个铁盒子，铁盒子里有三串钥匙，那个系着红绳子的就是。"郁岚慢吞吞地说。

"妈的，真啰嗦！"王保罗嘟囔着，押着郁岚迫不及待地朝客厅走去。邻居李小燕家的卧室，突然响起了电话铃声，在静寂的夜里格外刺耳，突然被惊醒的李小燕极不情愿地拿起了听筒："我家出事了……嘟……嘟……"

"喂，说话呀，你是谁？喂……"忙音充斥着李小燕的耳膜。她心生狐疑，不由地按下了来电显示。见是郁岚的手机号，她的心猛地一惊：怎么回事，郁岚家出了什么事？等她再回拨过去时，对方的电话已关机。"不行，得上她家去看看。"李小燕叫醒了老公和儿子，让他们去郁岚家瞧一瞧。

在自家的客厅里，郁岚惴惴不安，慌乱的心提到了嗓子眼。刚才趁王保罗不注意，她迅速拨通了邻居李小燕家里的电话，怕被歹徒发现，只说了一句话就匆匆挂断了，不知李小燕会不会明白她的苦衷。正想着，大门外面传来了急促的敲门声，还夹杂着两个男子叫门的声音。

"怎么回事!?"正看守着徐小富和保姆的高洪德从隔壁的卧室里冲进了客厅，气急败坏地对王保罗喊道。

刚找到车钥匙的王保罗惊出了一身冷汗，有点不知所措地站在那里。"怎么办，我们该怎么办?"他惊恐万分。

"我们押着老板娘到楼下看看去!"高洪德恶狠狠的眼神闪过一丝凶光。

"去把门打开!"高洪德命令着郁岚。

郁岚一下楼就已听出是李小燕的家人，她喜忧参半：喜的是李小燕终于明白了自己的意思，忧的是即便邻居过来也救不了自己，反而有可能一同被劫持。想到这里，郁岚对着门外的人说道："你们是谁，我不认识你们，你们快走！"门外的两个男子似乎察觉到了异样，什么也没有说，很快就离开了。

"我们必须赶紧走，不然就来不及了。"看到惊动了外面的人，高洪德也急了，对一脸紧张的王保罗说道。

他们把徐小富带下楼，押着郁岚，给正在看押陈仕财的魏占汉打了个电话，让他把两个小孩尽快带过来。

在他们等待魏占汉时，大门外传来了更大的敲门声和嘈杂的说话声，听声音至少在10人以上。郁岚心中一阵暗喜：这肯定是李小燕叫来的人，而且肯定同时向警方报了警。

高洪德和王保罗紧张得大气都不敢出，一时间空气仿佛凝固了一般。过了好一会儿，高洪德才对王保罗说："小罗，来不及了，打电话让小魏现在就过来，那两个小孩就不带了。我们必须马上离开这里，不管外面有多少人。妈的，咱豁出去了！"

来到院子里，他们发现大门已被手持木棒和铁棒的村民撞开了。

"都不许动，不然我打死她！"高洪德眼露狰狞的凶光。

这当儿，王保罗去开车库，将本田商务车开了出来。

众人见高洪德用手枪顶着郁岚的头，旁边站着被蒙眼堵嘴的徐小富，都不敢轻举妄动，无可奈何地看着劫匪们将徐小富夫妇劫持着上了车。

劫匪中只有王保罗会开车，便充当了司机。高洪德与魏占汉中间夹着郁岚，徐小富一个人在后排坐着，本田车漫无目的地朝九家湾方向驶去。

"后面有车在跟着我们。"不久，王保罗便从倒车镜里清楚地看到三辆出租车尾随其后。

"尽快甩掉他们！"听了高洪德的话，王保罗绕来绕去，费了很大的工夫，才将其中的两辆甩掉，剩下的一辆却怎么也甩不掉。情急之下，王保罗开足马力，朝出租车撞去。因本田车底盘厚重，并无大碍，但出租车已被撞得无法行驶。甩掉了出租车，高洪德的心情依然很紧张，打电话给曹东红说已经有人报案了，让他在九运司红绿灯下等着，并说马上返回去接他。

王保罗却不同意。眼看没有了活路，他不愿冒这样大的风险把车再开回去，便和高洪德争执了近半个小时，最后在高洪德强硬的态度下不得不妥协。

曹东红上车后坐在了副驾驶的位置，高洪德不甘心还没有实现绑架计划就踏上了逃亡路，决定去取屋里保险柜里的现金，便让王保罗把车开回去。车经过徐宅时，被几辆车团团围住。见无法通行，高洪德让郁岚对着外面喊再追就杀人了，很快吓退了围追的车辆。目的没有实现，王保罗只好驾车沿着外环路朝着九家湾方向驶去。终于有了一点空闲时间，高洪德把头用布包住，因失血过多，全身发着虚汗，虽然有些晕，他却一直在强撑着。

徐小富一个人在后排冻得瑟瑟发抖，曹东红便从副驾驶座上爬到了他身边。看到歹徒一次次突围，徐小富几乎要绝望了。

警匪对峙殊死搏斗

"妈的，老子为了这次行动都'挂了彩'，现在又被追得这么紧，本来是问你们要100万的，但现在必须拿出200万才行。"见没能从徐宅拿上钱，高洪德对徐小富说道，"现在就打电话筹钱！"

徐小富说："你们要多少钱我都给，只要不伤害我们就行。"徐小富按照高洪德的意思让自己的弟弟尽快筹钱，还嘱咐他不要去报警。

接到李小燕的报警电话，已是凌晨6点半了。

公安厅副厅长兼乌鲁木齐市公安局局长杜建锡，翻身起床，顾不得穿衣就抓起了电话："110指挥中心吗？我是杜建锡。我命令：按1号预案行动。同时，马上启用350兆通信设备，命令各单位一把手随时与我保持联系，要快！"杜局长一边穿外衣，一边急匆匆地往门外走去。

雨停了，黎明前的天空依旧阴云密布，一片漆黑。

一坐到车里，杜局长就抓起了车载台的对讲机："各单位请注意：一、各个卡点务必坚守岗位，认真盘查每一辆车，决不允许有任何遗漏；二、追捕的车辆要紧紧咬住目标，遇到紧急情况果断处置；三、劫匪手中有枪，要注意自身安全，防止敌人狗急跳墙……"

一场只有在警匪片中才能看到的惊险激烈的围追堵截绑匪的序幕拉开了。

时间一分一秒地过去了。

高洪德和徐小富的"交涉"还在进行中。王保罗发现每到一处，总能碰上警方的围追。他有点儿烦躁，不耐烦地对高洪德说："事情都到这个份上了，还说这么多有啥用，还是想想怎么对付后面追来的警察吧！"

本田商务车的性能较好，加大油门时，总能将警车远远地抛在后面。

转眼天已大亮，各个出口都有警车设卡，警方越追越紧，高洪德也有些急了，于是不再提钱的事。他意识到逃亡途中肯定没有吃饭的机会了，便让魏占汉下车去买一箱水和方便面。随后指着徐小富夫妇对其他两个劫匪说，如果十分钟内小魏回不来，就把他们杀了。

命悬一线，难料生死的徐小富夫妇此刻惊恐万状，却只能听天由命。

不一会儿，魏占汉扛着两箱食品回来后，车便朝着火车站的方向继续驶去。警车越追越紧，各个出口都设卡了。本田车像一只昏了头的苍蝇，见到警车就调头，转来转去，没有了方向，开进了一条死胡同。听着刺耳的警笛，看着警车节节逼近，高洪德有些沉不住气了：他授意郁岚去和警察谈判，郁岚不得已向警方说愿意私了并让警车让道。人质的处境十分危险，眼睁睁地看着本田车顺着河滩快速路向赛马场方向逃窜，警车只能尾随其后。

见警车锲而不舍地围追堵截，高洪德想把郁岚扔出车外，吸引警方的注意力从而赢得逃亡的时间。他把玻璃摇开，用力地把郁岚朝外推搡。尽管半个身子已伸出窗外，但郁岚死死地倚住车窗。高洪德头上有伤，没有多大的力气，经不住她的拼命反抗，最后筋疲力尽也没能把郁岚推下去。

逐渐逼近的警车让高洪德恼羞成怒，他对魏占汉说："把她的耳朵割下来，扔给警察让他们别追了。"刺耳的警笛声令魏占汉心中十分害怕，他迟迟没敢下手。

警方看见人质的生命受到威胁，便从四面包抄过来，逼近了本田车，并鸣枪示警。

王保罗让郁岚坐在他身上当"挡剑牌"，他继续开着车横冲直撞，全然不把警车放在眼里。见警察动了真格，高洪德气急败坏地对王保罗说："小罗，把老板娘的手剁下来扔给警察，警告他们再追就杀人了！"王保罗一只手握方向盘，一只手拿刀砍郁岚，车颠来颠去，他拿刀的手也晃来晃去，加上郁岚不停地躲闪反抗，他费了很大的工夫，却怎么也伤不到郁岚。见没有得逞，高洪德让曹东红抱着徐小富坐到副驾驶室与警方对峙。车朝着乌鲁木齐市郊燕尔窝路逃窜。

歹徒一旦出了乌鲁木齐市，再抓获就要付出更大的代价了。指挥现场的市局领导迅速调集一切警力集中部署在高速公路乌拉泊收费站。留下两辆警车跟在本田车的后面，其余的车辆改道，从旁边的便道向收费站驶去。高洪德有些得意，他认为是他不断威胁人质吓退了警察，便狂妄地对同伙说："只要我们出了乌鲁木齐市，他们就拿我们没有办法了。"说罢，让王保罗将车开往吐鲁番。

想着将车开出市区，警方就有可能再也追不上他们，歹徒们一个个喜形于色。徐小富意识到了问题的严重性，他不安地扭动着身子，寻找着机会朝车门口挪去。"一旦歹徒逃离了警方的追捕，就会杀人灭口，反正横竖都是死，跳车说不定还有一线生机"徐小富心想。

高洪德见徐小富想逃，非常生气："老实点，再不听话就宰了你！"说着，拿刀朝他的后背砍去，"徐老板，你想不到也有今天吧，老子今天就要看看你的命和别人有啥不一样，你的命有多值钱！"看到砍刀上溅满了殷红的鲜血，想着自己头上的伤，高洪德心里有了一丝报复后的快乐。在312国道高速公路乌拉泊收费站，警车设卡挡住了歹徒乘坐的本田车，高洪德没想到警方会在此设障。前无出路，后无退路，无奈之下，他命令王保罗："冲过去，无论如何都要冲出去！"

绑匪狗急跳墙，不顾一切冲出了包围圈。

杜局长见状，拿起了对讲机："听我的命令：刑警、特警请注意，放他们过去，火速在收费站以东10公里处设卡堵截。

劫匪逃出乌拉泊没多久，远远地看见5辆警车在前方一字排开，就加足马力朝前冲去，干警们认为歹徒又要冲障，个个严阵以待。在距警车不足20米的地方，本田车突然紧急调头，试图从后方逃离。这时，从后面追击而来的一辆丰田佳美警车只好也紧急调头，横在路的中央，挡住了本田车的去路。见势不好，穷途末路的本田车立刻以150公里的时速撞向警车的侧面。车尾被撞了一个大凹坑，后面的轮胎几乎脱落，警车被迫停到了路边。

匪徒还在负隅顽抗，警方果断地开枪击爆了本田车的轮胎，车轮钢圈碾着橡胶轮胎冒出一股浓烈的黑烟，失去控制的车疯了一样冲向了路边的防护栏。

车"瘫痪"了，眼见插翅难飞，再无活路，歹徒们彻底绝望了。

"要死大家一块死，咱们和警察拼了！"高洪德的话语得到同伙的一致同意。

歹徒要同归于尽，徐小富害怕极了。他见顶在头上的枪迟迟不扣坂机，有点纳闷，顾不得害怕，仔细地盯着黑洞洞的手枪。蓦地，他发现是假枪，求生的欲望战胜了一切，一边大声地喊叫，一边和曹东红搏斗起来，做着垂死挣扎的歹徒这时非常紧张，一不留神砍刀从手上掉到了徐小富身上。

正在这危急关头，警察以迅雷不及掩耳之势，猛扑上前，一举将四名歹徒抓获，成功地解救出徐小富夫妇。

从凌晨6点半警方接到报警电话至11点半将歹徒全部抓获，一场历时5个小时惊心动魄的追捕在市公安局、新市区公安分局、市刑侦支队的通力紧密配合下，画上了圆满的句号。

四个歹徒身上都不同程度地受了伤，郁岚的腿部也在同劫匪的生死搏斗中受伤，所幸的是并无大碍。

徐小富夫妇住进了医院，四名罪犯也去了他们该去的地方：自治区人民法院终审以抢劫罪、绑架罪判处高洪德、曹东红死刑，立即执行；判处王保罗、魏占汉死刑，缓期两年执行，并没收四人的个人全部财产。

单纯的"仇富"心理，让歹徒们眼红别人的财富，却不懂得如何去创造财富。心理的失衡必定导致行为的失常。为了获取财富，他们失去了自由，乃至生命。这个代价，未免过于沉重。

"天下熙熙，皆为利来；天下攘攘，皆为利往。"这句流传了几千年的古语适用于任何朝代。当今社会，在经济大潮的冲击下，金钱在人们的生活中日益凸显出重要的作用，绝大多数利益的实现均离不开金钱。疯狂的拜金主义者把无休止地攫取金钱作为人生的终极目标，他们也知道"欠债还钱，杀人偿命"的道理，可是膨胀的金钱欲蒙蔽了他们的双眼，在个人私欲的驱动下，他们仿佛着了魔似的，一步步滑向罪恶的深渊，身陷囹圄，踏上了一条异于常人的不归路……

如何树立正确的人生观，价值观，如何正确地对待金钱，如何保持一种良好的心态，关乎每个公民的生活实际。因此，无论社会怎样发展，公民的道德规范建设一刻也不能松懈。

警钟长鸣。警钟，应该敲响在每个公民的心灵深处。

铁旅踏歌行

——新疆民用建筑设计院院长史耀华的创业历程

2005年12月28日，对于新疆民用建筑设计院有限公司显得十分特别。这一天，是他们乔迁庆典的日子，是他们心潮澎湃、感慨万千的日子，是他们经过八年艰辛创业迎来新的光明前景的日子。

历史总有那么多的巧合。1997年的这一天，他们做出了由机械设计转向建筑设计的重要抉择，让濒临谷底、举步维艰的企业出现了新的生机；2000年的这一天，他们顺利地完成了由事业单位向有限公司的改企改制，从此走上了高速健康发展的轨道；而今天搬进拥有自己产权的现代化的办公场地，企业的成长必将被赋予新的寓意。所以若把12月28日这一天确认为他们的传统节日的话，应该是没有疑问的。

这一天，在乌鲁木齐市新医路汇文大厦八楼，人声鼎沸、热闹非凡。一阵阵热烈的掌声，一阵阵欢声笑语，那喜庆的场面和气氛让在场的人无不为之兴奋。各界嘉宾在这里欢聚一堂，分享着他们的欢乐，分享着他们的激动，也分享着他们经过奋斗而迎来成功的无限喜悦。

"冬至一阳生，消寒过五更。青山钟画手，宏业待精英。胸有凌云志，敢将大道行。东风如有意，送上最高层。"

一位年逾花甲的长者，走向人群中央，充满激情地朗诵。他就是当今诗坛享有盛名的著名诗人、中华诗词学会常务理事、新疆诗词学会常务副会长兼秘书长凌朝祥先生。他把这首荡气回肠、充满期许的诗篇，赠给了本文的主人公、新疆民用建筑设计院有限公司的掌门人史耀华。

史耀华被深深地感动了。这位军人出身的农民的儿子，这位创造企业辉煌的开拓者，不禁思绪万千，心潮起伏。他步凌老原韵，以《迁新址寄怀》为题吟道：

"春风万物生，最忆是寒更。不惧登高远，欣然采紫英。诗情逐雁阵，铁旅踏歌行。送目博峰秀，赤霞破雾层。"

好一个"铁旅踏歌行"！透过诗里行间，我们仿佛看到一群跋涉者奋力登攀的身影，仿佛倾听到史耀华和他的团队循着时代的旋律所释放的奋然前行的节拍。

瑞雪之后的边城晴空万里。站在汇文大厦的八楼极目东望，银装素裹的博格达峰似乎近在咫尺，粲然生辉。仿佛要以它的见证，告诉我们一部艰苦创业的故事长卷，把我们带到八年前那个艰辛、艰难的奋斗岁月。

一、受命于危难之时

1997年的冬天，较之以往寒冷许多。对于新疆民用建筑设计院有限公司的前身——新疆机械电子工业设计院来说，自身的寒冷比自然还要严重。它就像一个极度虚弱的老人，不知如何度过这个季节。似乎没有什么灵丹妙药能让其重焕生机。

机械电子工业设计院曾经有过自己的辉煌。它应运而生于1985年6

月。那个时候国防工业办公室（简称"国防工办"）也在机械电子工业厅，国防工办下面有十几个军工企业。这些企业所有的设计、技改项目都由他们完成，外面的单位无法插手。虽说是自收自支，小日子过得还算滋润。他们不用找项目，都是上面下计划。有时候还忙不过来。到了"八五"末的1995年以后，军工企业全部转为了地方民用企业。同时由于行业的整体疲软，使这个一直和市场原本没有多少联系，完全靠行业吃饭的机械设计院毫无准备，一时竟不知所措，只能坐吃山空。

由于这是个计划经济的产物，市场观念淡薄，设计资质仅为机械乙级，建筑丙级。到了1997年，20来个人的设计院全年收入35万元，亏损20多万元，基本处于半瘫痪状态。这个曾经有过十二年历史的设计院，面临十分尴尬的境地。

机电厅党组对此十分关注。呼吁打破常规，积极引进人才。在老院长杨仲明的极力推荐下，时任新疆综合勘察设计院建筑设计分院书记、副院长兼总工程师的史耀华走进了他们的视线。经过几次深入交流，史耀华决定离开各方面条件都比较优越的综合勘察设计院，来新疆机械电子工业设计院创业。

时年38岁的史耀华正是年富力强、如日中天的时候。这位颇具诗人气质的高级工程师，思维敏捷，心胸开阔，充满谋略和睿智，满怀创业豪情。他之所以选择在这里创业，就是想尝试一下重压之下的突破。如果说这是一次巨大的挑战，他把这次挑战无疑当成了难得的机遇。

1997年11月4日他上任的这一天，当自治区机械电子工业厅党组成员、副厅长张惠恩在会上宣布厅党组对他副院长的任命后，他只说了一句十分简洁的话，他说："让我们紧密团结协作，争取在不久的将来实现安居乐业。"史耀华真正是受命于危难之中。

当时，谁也没有对这简短的"就职演说"引起重视和思考。然而就从此刻开始，这个企业不仅度过了那个难挨的冬天，在第二年温暖的春风里，竟奇迹般蓬勃而起，焕发出亮丽耀眼的青春活力。

二、闯天下的年轻人

在我们讲这个故事之前，还是让我们对史耀华这个人有一些更多的了解。

其实，史耀华少时的理想和愿望是当一名诗人或者中医。走进建筑设计这一行纯属偶然。他1959年出生在豫东一个偏远落后的农村。生活异常贫困的家庭还是供他读完了公社高中。那一年，他15岁。回村后承包了生产队3亩棉田。由于力气太小，锄头不听使唤，半晌过去草没锄干净，棉苗锄掉不少。回忆这段往事，史耀华一直说自己农民当得很失败。后来他被推荐当上了大队学校的民办教师。

在当时的农村，民办教师已经很不错了。但对于心存理想的史耀华来说这并不是他的目标。他绝不想那样平平庸庸度过一生，他渴望着走出去，到外面更大的世界里去寻找新的机会。1976年底他毅然报名参军，当了一名边防战士。

"晓梦吟来天外雪，壮怀荡卷域西风。"是史耀华在进疆三十多年之后对他塔城军旅生活的追忆。新兵训练结束后，史耀华分配到团部警卫班。此时边防部队刚刚组建，大量营房亟待建设，十分缺乏基建人才。入伍不到半年，新疆军区聘请了一批专家在乌鲁木齐举办营房专业培训班，要求所属部队派员参加培训。由于史耀华是部队少有的高中生，部队又一时找不出合适的干部去参加培训，就破例让他这名新兵去军区学习。就是这次机会改变了他的人生。

4个多月的普及式的专业学习，使史耀华接受了建筑知识的启蒙教育。回部队后，以他的勤奋与悟性，一边设计图纸，一边指挥营房施工。他很快对建筑设计产生了浓厚兴趣，开始如饥似渴地自学，阅读了大量的专业理论书籍。他的设计专业理论和实践知识也日渐丰厚。

部队服役的四年，是他学习与实践的四年。1981年2月，史耀华复员了，他留在了自己热爱的新疆。以一技之长走进了兵团农九师设计院。史耀华一边刻苦钻研学习业务，一边悉心向老专家请教，在实践中细心观察求索，他的理论水平和实践能力得到进一步提升。

1986年，他获得了一次学习深造机会，到西北建筑工程学院系统地学习了两年。通过两年的锤炼，他像羽翼渐丰的大鹏，开始了他专业生涯真正意义上的亮翅试飞。这一年他整三十岁。

史耀华怀揣着大专学历踌躇满志地回到设计院。以他近十年的实践经验和系统的专业知识，很快就成为单位的骨干，受到领导器重。然而，由于边境地区缺乏良好的市场环境，史耀华有浑身的力气也难以施展，他决定到市场较为成熟的乌鲁木齐去闯一闯。

其实也很矛盾。在农九师设计院，他家庭、工作、事业都很稳定，师领导、院领导都不希望他调走。但是这样下去很难有大的作为。军人出身的个性决定他必须走出去。于是，在1993年冬天，他毅然携家带口来到乌鲁木齐，开始了创业生涯，这一年，他刚好34岁。那个时候他担着很大的风险，房子是租的，新的工作环境并不理想。1994年春，他又调到新疆综合勘察设计院后才算基本固定下来，直到担任分院党支部书记、副院长兼总工程师。在这里埋头苦干了四年之后，当机械电子工业设计院向他抛来绣球时，他身上时刻都在燃烧的创业激情推动着他，无论那个"绣球"是"刺猬"还是"烫手的山芋",他都毫不犹豫、义无反顾地接手了。

三、在艰难中崛起

当时的新疆机械电子工业设计院可以说已经跌入低谷。长期租用机械厅办公室。建筑设计资质丙级,在首府乃至全疆都是最低的。行业疲软,行业外几无影响。人才匮乏,纪律涣散,队伍不稳。史耀华报到的时候院里唯一值钱的就是四台旧电脑。幸亏他来的时候带着项目,解了燃眉之急,也给了员工们少许信心和希望。

在老院长杨仲明的坚决支持下,史耀华摈弃一切陈规陋习,以市场为导向,大刀阔斧地推动了对经营方向、管理运营机制等方面的深化改革。

首先要解决的就是转变观念问题。走机械设计的道路显然是不行了。建筑市场空间大,前景广阔,而且发展潜力无限,这是不争的事实。关键是过去一直闭关自守,对热闹已久的建筑市场知之甚少,信心薄弱。何况仅仅具有一个丙级资质,这一步怎么跨出去?

为了调动全体员工逆境求生的积极性,史耀华坚持打破惯例,协助老院长制定了一个详细的《1998年技术经济责任制》,"千斤重担人人挑,人人肩上有指标"。重点强调了"按劳分配、按能分配、效率优先、兼顾公平、坚持兑现"的分配原则。

在那个寒冷的冬天,在史耀华充满信心的计划和创业激情的感召下,员工队伍得到了空前的团结和凝聚。大家摩拳擦掌,热烈地讨论着,酝酿着,他们对即将到来的1998年充满了极大的希望和热情。那年的元旦前夕，出台了有史以来第一个以开拓建筑市场为主导的技术经济责任制，为每个员工指明了今后工作的重点和方向。也正是以这个技术经济责任制为蓝本，每年修改补充完善，年初都是以1号文件下发，一直延续到现在。

1998年是最为关键的一年。这一年，他们走进市场，团结拼搏。过去在本系统做项目都是管吃管住，车接车送，都是人家求着你。现在正好相反。员工们无论是下去揽活还是现场服务，为了赶时间和节约资金，基本都是坐夜车，第二天早晨赶到正好是上班时间，接着工作。回来也是如此。早晨从夜班车上下来，就直接到办公室上班。虽然极其辛苦，但看到任务指标经过自己的奋斗在一步步完成，心里比什么都高兴，有一种过去从没有过的充实感和成就感。

那一年史耀华比谁都忙。揽任务、做方案、紧把质量服务关。但是，丙级资质只能揽些一般项目。员工们都清楚地记得这样一件事：当时他承接了乌鲁木齐市一所学校教学楼的设计，工期很紧。图纸是由他主持设计的。他承诺的是那天给甲方设计图，对方下午打电话说能不能出来，他说可以。甲方不太相信，也没太在意。一般地说推个三五天是常事。那天他一直忙到晚上11点多才完工，他和助手张世鹏打车过去，把图纸交到甲方手中时对方都不敢相信，看看表，差5分零点，史耀华笑笑说："只要没过0点就算兑现了我的承诺。"甲方很激动，连连说："你们这么认真，真没想到，真没想到！"知道他们还没吃晚饭，拉着他们吃了个大盘鸡。如今讲到这件事，已经成长为一级注册建筑师的张世鹏仍然感慨不已。

其实晚一天甲方也不会说什么。但史耀华就不这样想，他认为如果违约对方不会有什么损失，受损失的将是我们自己。我们将失去诚信和形象。他用实际行动做出了最好的表率。十几年来，史耀华每年开拓市场的份额都占总额的过半。

他马不停蹄、来回奔忙，经常是披星戴月、日夜兼程。史耀华担任副院长的次年春天，机电厅组织部门来考察领导班子，有一个重要程序是民意测验。他顾不上这些了。为了一个小项目去了乌苏高泉。当日往返。到家都已经半夜，第二天照常上班。这次考察他人虽不在，但在民意测验院长人选中，他差一票就是全票。这充分说明，在仅仅三四个月的时间里，他的辛勤努力和工作能力已经得到了大家的充分认可。1998年5月9日，史耀华即被新疆机电厅党组任命为院长，算起来，他从副职升任院长刚好半年时间。

1998年，在史耀华和全体员工的共同努力下，终于走出了极其艰难的困境。当年经营收入是1997年的5倍，翻了两番多。并在现任自治区党委常委、人大常委会主任，时任机械厅厅长的艾力更·依明巴海的全力支持下，用他们淘得的"第一桶金"改善办公条件，在光明路机械厅西楼上加建两层。9月动工，11月完工，全体员工高高兴兴搬进了宽敞明亮的新场所，彻底改变了拥挤局促的局面。十三年来，第一次有了属于自己的360平方米办公楼。

"这看起来很普通的收获，却包含着一个极大的希望。这个新的起点为企业后来的发展积蓄了宝贵的财富和能量。人们已经清晰地意识到，更大的收获就在前面。"史耀华说。

四、不惧登高远

史耀华以他超前的思维和远见，高瞻远瞩，运筹帷幄。以过人的胆识、智慧和拼搏精神，带领他的团队，在短短的几年间，让企业高速健康运行，很快走在同行业前列。

丙级资质已经背了十几年。资质就是通行证。这个问题不解决，就根本谈不上发展。1998年他在这方面做了大量工作。1999年元月上旬，在自治区建设厅和建设部的有力支持下，他们的建筑资质从丙级升为乙级，为后续的发展打下了良好的基础。

按理说，在一般人的眼里，这称得上是一件可喜可贺的事情。但史耀华丝毫没有满足，在他的心里早已酝酿着一个更大的计划，那就是尽快晋升甲级。在当时，全疆建筑甲级资质的设计院仅有两家，乙级院中他们也是小弟弟，实力雄厚的太多了。在当时对于甲级资质，众多的设计院恐怕没人好好想过。史耀华不但敢想，而且伸手去摘了，他决心要成为疆内第三家甲级资质的拥有者。

史耀华知道，资质问题说到底就是人才问题。在现代企业发展中，特别是对于像设计院这样科技含量高、技术密集、完全依赖于人才的企业，人才问题已成为决定前途命运的突出矛盾。要想尽快升甲，就必须大量引进人才，发展人才和培养人才。

长期以来，史耀华一直把人才建设作为首要任务。为了能在较短的时间内有效地解决人才问题，1999年，他们咬紧牙关，在经济力量还很薄弱的情况下，下决心购买了23套商品房，按照福利分房的待遇给技术骨干解决了住房问题。其中留下十几套专门作为引进人才、筑巢引凤之用。只要你是急需人才，只要你来工作，首先是一套100多平方米的新房等着你。这对任何人都无疑具有巨大的吸引力。何况还有最能调动员工积极性和创造性的运行机制。当时能做到这些是多么的不易和难能可贵。很快陆续引进了一大批技术骨干。现在的院领导班子五人中有四个都是引进来的，而且现在都才四十岁左右，正值精力旺盛、年富力强的阶段，他们都为企业的发展立下了汗马功劳。仅从这一点，就可以看出史耀华当初的决心、魄力和深谋远虑。

2000年9月，经过五年的连续奋战，史耀华考取了国家一级注册建筑师。晋升甲级设计院，国家规定了许多硬性条件，其中一项就是在技术队伍里，必须有3名一级注册建筑师和三名一级注册结构师。还差一个一级注册建筑师就可以申报甲级资质了。听朋友介绍，某建筑设计院有个叫许宏的小伙子是个人才，30多岁就考上了国家一级注册建筑师，将他"挖"来岂不是六证齐全了吗？"三军易得，一将难求"。于是，史耀华亲自出马，找了一家小饭馆，让中间人把许宏请来，三个人关上门在小包厢里开始了密谈。当时的许宏钱不少拿，工作顺心。但听了史耀华的远大理想和他所描绘的美好前景后，热血沸腾起来。古人云"良禽择木而栖"，他认定这是个干大事的人，跟这样的人在一起能实现人生的最大价值，就不会虚度人生。于是，许宏义无反顾地将他的未来交给了新疆民用设计院。他的选择没有错，许宏已经成长为新疆民用设计院的"第二把手"——副董事长兼总建筑师了。

2001年，史耀华启动了升级计划，开始了升级前的各项准备工作，内部软硬件建设、质量保证体系都严格按照甲级标准逐步完善。别人不太敢想的事情他不但敢想，而且真的去做、去实施了。其实当时他们的乙级资质还是个临时的，一般情况下必须经过三年转正以后才可以申报甲级。再一方面当时国家建设部对所有的资质升级都处于冻结和停办状态。就是在这样的情况下，在建设行政主管部门的大力支持下，2001年10月，他们取得了建筑设计甲级资质，成为自治区第三家拥有建筑设计甲级资质的企业。这标志着他们资质建设的全面完成，为进入市场扫清了障碍。在三年多一点的时间里，从一个丙级资质、行将解体的小院弱院，一举跨入自治区勘察设计行业综合实力20强。这在一般情况下是难以想象的。

当时的《新疆日报》在头版发了消息，对升级进行了简短报道。一石激起千层浪。他们像是设计行业的一道闪电，令同行们惊诧、羡慕。

史耀华最爱引用的一句名言是："只有想不到的，没有做不到的。"是的，要做事，就要先谋事。没想到的事，怎么能做到？想别人没有想到的事情，做别人不敢做的事情。只有这样，才能永远走在前面，永远立于不败之地。

五、敢将大道行

史耀华走在同行前面的不仅是这一件事。1999年，许多人还在观望之时，史耀华以他对市场、对企业发展方向的把握，敏锐地意识到，改企转制是走向市场的必由之路。当年5月，便开始着手改制，2000年3月28日改制成功。设计院正式由事业单位转型，成为全疆设计行业第一家股份制企业。12月16日，《新疆日报》在头版以《风正好扬帆》为题及时做了深度报道。2000年12月28日通过工商注册登记，进一步完成了从股份制到有限公司的过渡。现任交通厅党委书记、时任建设厅副厅长的王新华对此大加赞赏。称其为"第一个吃螃蟹的人"。表示将本着"扶优扶强"的原则，对率先改制单位给予积极关注和大力扶持。

体制改革爆发了原动力。由于明确了产权关系，员工的主人翁地位得到了真正体现。员工既是劳动者，又是投资者。过去一直有两个问题没有解决，企业到底是谁的？我在为谁干？现在终于有了明确的答案。

一个好的企业名称，就是一张优质名片。作为一位有着远大抱负的企业家，史耀华深知品牌的重要性。确立自己的个性品牌，是设计院发展战略中不可或缺的一环。他开始运筹帷幄，集中大家的智慧，作起这篇文章。

最早的"新疆机械电子工业设计院"名称显然已经名不副实；1998年更名的"新疆机电建筑设计院"，因当时和自治区机械电子工业厅还没有脱钩，在名称中还必须突出行业性质，这个名称显然也不是最理想的。为适应建筑市场，必须要有一个既突出行业特点又能叫得响的名字。在反复思考、博采众长之后，决定采用"新疆民用建筑设计院"这一专业性和权威性极强的名称。"民用建筑"本来就是现代社会流行的一个热门专业，它的热门又来自于已成为社会支柱产业的建筑行业，因此，"民用建筑"几个字本来就是一个品牌。他的前瞻性又一次抓住了机会，不仅给企业一个准确的定位，还抢占了"民用建筑设计院"这一品牌先机。2001年6月，他们正式启用"新疆民用建筑设计院"这一名称，不仅为当年10月荣升甲级资质做好了充分准备，同时由于他们的佳作、精品的不断出现，在短短的几年间，这个象征着专业和实力的名字很快就响彻天山南北。

史耀华深知，企业要想快速成长，就必须在品牌经营上作足文章。史耀华打了一个生动的比喻：市场是海，企业是船，品牌则是帆；船的航行，则需要风帆牵引和推动。他说，我们就是要凭借新疆民用建筑设计院之帆，推动企业的航船破浪前进。

让我们以极其愉悦的心情来回顾他们的成长历程。

1998年他们不但经过了最危急时刻，而且还创造了有史以来最好成绩，经营收入比上一年翻了两番多，而且还第一次有了自己的家，为后来的高速发展打下了坚实基础。

1999年更上一层楼，经营收入是1997年的十倍，比1998年增长了271%，元月上旬建筑资质升为乙级，并着手改制，经营收入在此基础上以后的每年都是高速递增。

2000年12月28日，改企转制全面成功。成为全疆同行业第一家股份制企业。

2000年底，史耀华再也无法平静。他一挥而就，写下一首《沁园春·天池》。借以表达此刻的情绪和对未来的憧憬。

"银象奔驰，过雨松林，碧水若裁。看惊湍飞泻，雄鹰濯翅；天光云影，共此徘徊。处子无言，西人欢舞，王母轻歌妆罢来。凭斯水，映春秋冬夏，风爽星白。

登临遑论荣衰。画图里通衢次第开。问群峦记忆，神工鬼斧；移峰遣兀，播柳植槐。岁月如诗，茫茫往事，笑慰熏风驻镜台。须回首，唤祥云千顷，际会情怀。"

对于这首作品的艺术价值姑且不论。他那登高望远、求新求变的情怀可以说一览无余。后来这首词发表在《新疆日报》上，再后来荣获2006年中华诗词学会一等奖。

与此同时，2000年由他们设计的位于红山路的正泰房产开始建设。他们一次性购买了800多平方米的办公楼，2001年正式入住，当年晋升甲级。如果说第一次的家只能说是自己动手在别人的地面上搭个草棚凑合过日子，那么这次他们算是有了真正属于自己的相对不错的办公场所。然而，2005年他们设计的汇文大厦交工时，他们的要求更高了，又在汇文大厦一次性购买了1300多平方米的写字楼，也就是汇文大厦整个8层和9层的一部分。本文开头就是他们乔迁的情景。这次已经不再是简单的搬迁，他们通过八年的艰苦奋战，各项事业都已经达到了全新的高度，一个实力雄厚、高速发展的崭新形象已经展现在人们面前。

2008年，他们的经营收入已经是1997年30倍，注册资本已经从当初的50万元增加到500万元。在此基础上，2009年他们又增长了30%，从1998—2009年，创造了经营收入连续12年递增35.15%高速运行的壮丽篇章。回想起1998年创业起步的时候，由于资质低，初入市场，能接个3、5万的单子都是好的，而更多的都是万元以下的项目；而现在承接的都是几十万、几百万的项目，几万元的都是"小儿科"。现在，他们除拥有建筑甲级资质外，还拥有咨询甲级、消防甲级、规划乙级、勘察乙级和市政、水利丙级资质。队伍总人数也由当初的20余人壮大到80余人。巨大的变化，怎能不让人感到惊奇和震撼？

在写这篇文章时，笔者专门采访了史耀华的老上级——新疆维吾尔自治区原机械电子工业厅张启曾厅长。他说，设计院这些年发展非常快，他们改制较早，适应市场快，机制转换快，各方面都走在了前面。这都得益于我们为设计院选了一个好领导。史耀华这个人不仅事业心强，管理和开拓市场能力强，综合素质高，而且为人正直，爱惜人才，可以说在所有设计院领导里面他都是个佼佼者。

在采访杨仲明老院长时，他对史耀华有四点评价：一、他聪明好学、才华横溢，专业水平和文学水平都很高；二、具有非常顽强的开拓精神。既懂技术又懂管理，是个难得的复合型干部；三、他社交广泛，活动能力强，具有很强的经营能力；四、做事公正公平，能够以身作则，要求下面做到的他首先自己做到。最后老院长还自豪地说，这个人当初是我看中的，事实证明当初没有选错。把这个院交给他我非常放心。

通过两位老领导的评价，我们为史耀华的现在感到由衷的欣慰，为他的未来则有着更多的期待。

六、宏业塑精英

在当前激烈的市场竞争中，一个企业能走多远，一般都取决于这个企业老总以及他带领团队的整体素质。而企业老总的理念和精神又是企业的灵魂。他的素质决定了团队的整体素质。过去常说的"强将手下无弱兵""兵熊熊一个、将熊熊一窝"，以及"只有落后的领导，没有落后的群众"其实说的都是这个道理。

新疆民用建筑设计院之所以发展这么快、这么稳、这么令人鼓舞，正是因为他们有这样一个领头人和这样一支团队。他开拓了新疆民用建筑设计院的宏伟事业，也塑造了一批精英队伍。

现任副董事长、国家一级注册建筑师许宏，就是史耀华当年从小酒馆挖来的那员大将。他的手中已经出现了许多经典之作。2002年农九师文化中心的成功竞标和设计，已成为当地为之骄傲的人文景观。一路走来，他为新疆民用建筑设计院创下了几个第一：第一楼层高度，第一最大面积，第一最高报酬。为新疆民用建筑设计院的发展立下了汗马功劳。

常务副院长陈辉可以说是新疆民用设计院的元老级人物了。现在的五个领导班子成员只有他从1991年来到这里后再没动过窝，一直到现在。他可以说是这个院的发展、衰退再到兴旺的见证人。他甘当企业的马前卒，为各项重大决策的实施不停地奔忙、操劳。院长是策划者，他就是具体执行者。资质升级、改制、更名、搬迁等，人们看到这一件件大事情都办成了。这每一件事成功的背后同样倾注了陈辉的心血和艰辛。他减轻了院长的负担，让他腾出更多的精力和时间考虑和决策更多更大的事情，无疑是院长最得力的助手。

分管设计生产的副院长赵毅强也是史耀华挖来的非常难得的技术人才。当年他为华凌市场设计的100米横桥，不仅是设计院的首创，也是全疆的先例。如今10年过去了，这座坚固地耸立在华凌大饭店前端的横桥，已成为一道亮丽的风景线。大凡是新项目、难度较大的都由他接手。他是难得的全能型人才。由于他的业务能力强，专业过硬，有的企业想用高薪、高档住宅"挖"他，但他丝毫不为所动，他认定了史院长，认定了新疆民用建筑设计院。他说，1998年他作为人才引进时，院里的一套住房老院长已经给了别人，史耀华做了大量工作，把钥匙要过来给了他。院长对人才的重视和爱护让他从内心感动。从那时起，他就决定把他的一生交给民用设计院，交给他们共同奋斗的事业。

赵副院长对院长的工作精神、奋斗精神以及执着的追求尤其佩服。他说他在史院长身上学到了不少东西，但有些东西学都学不来。比如说一桌子人喝酒，都是第一次见面，到最后其他人记不住都能记住他。他有鲜明的个性，他知识丰富、谈吐幽默，他很快就能建立中心地位，大家的思维都跟着他走，很多人都是看上和认准了他这个人。他看准的事情就去干，而且都能成功。他这个人放到哪里、无论干什么都是出类拔萃的，因此，跟着他干特别放心。

总工程师、一级注册结构工程师孙超可以说是设计质量的"保护神。"百年大计、质量第一，可见孙超肩上的担子有多么重要。凭着他一丝不苟的敬业精神，为院里杜绝了多次隐患。2008年，院里将喀什的一座高层交给一位较有经验的设计人员。孙超在审图时发现抗震系数偏低，设计人说是通过电脑求证出来的，不会有错。孙超又用电脑重新计算几次，得出的数字一样。这件事情放了几天，孙超心里不踏实，还是怀疑这组数字，凭经验抗震系数明显偏低，难道电脑有问题？于是他将这个参数输进多台电脑，出来的结果吓了一跳，还真的出了问题，原来的抗震系数仅是合理参数的三分之一！如果按原来的设计就是座危楼，无论采取什么加固措施都无法弥补。当这位设计人员看到结果后吓得满头大汗。他感激地说，孙总，你可真是救了我。孙超深有感触地说，干我们这一行，一定要细心细心再细心。不能只指望电脑，更多的还要靠人脑。

孙超也是史耀华10年前从新疆综合勘察设计院挖来的人才。谈起院长，除了知遇之恩以外，他还有更多的感激之情。2001年他父亲患脑，他自己当时手足无措，院长处理及时果断，立即让财务开一张空白支票押在医院，让他的父亲及时住进了医院。后来父亲去世，后事又是院长亲自操办。他说，很多职工家庭困难院长都要过问。2001年单位集资购房，当时我和赵毅强副院长钱不够，还想要房子。院长亲自给我们做工作，又热心地到处帮我们借钱。后来，在收入不断增加的情况下，很快都还清了借款。

被称为设计院"救火队长"的综合二所所长郑肇勇哪里需要哪里上，招之能战，战则能胜，是一个十足的拼命三郎。2003年冬天，喀什农三师法院办公大楼招标在即，院长立即把他从塔城召回连夜赶做设计方案。后来在总共6家方案中脱颖而出，被甲方选中。此后派他驻郑州办事处，单枪匹马打天下，为打开内地市场开了先锋，积累了宝贵的经验。

郑肇勇动情地说，院长把我当作人才引进，提供了尽情挥洒的平台，不仅分了房子，安排了妻子的工作，办档案调动费尽了周折。我没有理由不为企业拼命工作。

毕业于湖南科技大学的潇湘才女简小燕，凭着她十多年的拼打、磨炼和真才实学，2001年，她走进了新疆民用建筑设计院，并很快成为综合三所的领军人物，担任三所所长。她的曾以"绿洲·名都·彩蝶轩"命名的获奖作品曾入选《新疆建筑设计优秀作品选》，她富于创新的作品在2009年天山花园博雅文轩中得到了很好的体现。美观、大方的外观和适用合理的布局，让购房者钦慕已久，楼盘还未竣工就被销售一空。

笔者采访了自治区机械电子工业厅原组织处处长、副厅级助理巡视员高纯金同志。当年就是他代表厅党组对史耀华进行考察、并破格任用的。他说，史耀华事业心强，开拓市场能力和领导能力都较强，他对专业人才特别爱惜，把一大批专业人才都吸引过来了，形成了较强的专业队伍。许多人才在外单位发挥不出来，在他这里全都发挥出来了。史耀华可以说是一个很难得的、能力极强的好干部。从现在的发展看，我们当初对他的破格任用和破格提拔是完全正确的。

高纯金的谈话使我们深深地感到：只有爱才、惜才、重才而本人又是大才的，才能留住人才。众多优秀人才的聚集和发挥，是新疆民用建筑设计院成功的最大保证。

七、欣然采紫英

史耀华不但是一个思想超前、具有远见卓识的智慧型领导，还是一个具有顽强意志和拼搏精神的奋斗者。他用他的开拓精神和创新理念精心打造了这个极其典型的学习型企业。

就让我们从史耀华考取国家一级注册建筑师说起吧！

凡是行内人都知道：在国家所有注册师资格考试里面，唯有一级注册建筑师考试难度最大。所以一级注册建筑师资格也是最硬的。一共九门大课，必须要在5年内考完，否则前面考过的自动作废，必须再考。

新疆的通过率更低。在业内经常出现这样的笑话，许多人连续七八年都考不过去，不但过不去，而且考到最后还越考越多了，因为前面考过的还得重考。本来差个一两门，一下又变成三四门，考到最后也没信心了，就干脆放弃了。

史耀华在大学读的是结构专业。实际上是跨专业考试。他1997年到这里担任领导后，白手起家，一边创业、一边考试。坚持每晚两个小时的学习，雷打不动。凭着超人的毅力和意志，终于在2000年通过了全部科目。史耀华说："这得益于早年大量的知识积累，那都是长期坚持自学的结果"。他影响和带动着一大批人，整个企业的学习风气从那个时候开始逐步形成，涌现出一批又一批学习型人才。

新疆民用建筑设计院副总工程师郁新喜，大专毕业，在修完本科后，连续考上了暖通专业和动力专业两个国家注册师资格；年仅33岁的副总规划师张世鹏于2008年同时考取国家一级注册建筑师和注册城市规划师。他说在学习上的不懈努力和追求，完全是受了院长的影响。他挤出业余时间拼命地学习，多年来一直如此。用他的话说，把别人喝酒聊天的时间都用在了学习上。其实早年张世鹏为中专学历。坚持在职修完了大专和本科。还有28岁就考取一级注册结构工程师、现任设计院副总工程师的张星；注册设备工程师现任设计院副总工程师的刘平；注册设备工程师、才毕业没几年的张方，以及注册电气工程师、注册咨询工程师张明江等，或多或少地受到院长的影响，受到这种浓郁的学习氛围的影响。

关于注册资格考试，新疆民用建筑设计院还有一个"黄埔军校"的美称，事情的缘由是这样的：

早些时候，国家除一级注册建筑师和结构师外，其他的专业还没有开考。史耀华认为这是迟早的事情，必须早做准备、争取主动。及早出台了一系列鼓励学习的政策机制。给予参考人员必要的时间，考前脱产一个月复习，取得资格的在报酬上予以鼓励。到2005年国家其他各项资质首次实行考试时，当年一级注册结构工程师全疆一共考取了9个人，该院就占了3个。注册设备工程师占了2个。在业内引起强烈反响。2006年该院又有5人考取了国家注册师，而且还都是清一色的30多岁的年轻人，这在全疆行业内极为少见。到现在为止，该院拥有国家注册师资质的已达43人。人们说，这里分明就是培养人才的"黄埔军校"。

新疆民用建筑设计院还有一批已成为后续力量的业务骨干。如王国锐、冯林等，还有一群已成长起来的"80后"，如毕业于长安大学土木建筑专业的本科生杨柳，毕业于西安建筑科技大学土木工程专业、已独立成功设计20层住宅楼的陈浩泽、毕业于新疆农业大学已完成多幢高层的田平江、毕业于新疆大学的刘凤云、张亚等。

"新疆不同于发达地区。人才要以自己培养为主。而人才建设无疑是一个极其复杂的系统工程。"史耀华说。可以看出他重视人才、爱惜人才和培养人才的远大目光，体现出他以人为本的人才战略思想。同时，也深刻地感受了新疆民用建筑设计院雄厚的人才实力，更理解了这些年他们发展速度快的内在原因。

八、文化聚人心

史耀华不仅把新疆民用建筑设计院打造成了开拓进取的学习型企业，还精心创建了独具个性特色的企业文化体系。

2006年8月28日，全国首届豫商大会在郑州召开。这是一次规模宏大的盛会。全国各地甚至国外河南籍客商都赶来参加，云集海内外的重量级精英人物近千人。在世界及全国各地的河南人有6000多万，仅在新疆的就有500多万人。担任新疆河南商会常务副会长的史耀华作为代表参加了这次大会。他应大会组委会之邀，做了题为《体制、机制、企业文化是队伍建设的重要保证》的主题演讲。着重阐述了他对企业文化的深刻理解和经验。体制、机制和企业文化三者缺一不可。没有好的体制人才进不来；没有好的机制不利于人才的发展和成长；没有好的企业文化队伍就没有凝聚力。企业文化不是贴在墙上、挂在嘴上的东西，不是装潢，不是口号，是企业的核心价值观，它自成体系，独具特色。其核心首先是确立相同的价值观，其二是确立共同的奋斗目标，其三是建立相同的纪律观念。三者互为依存、不可或缺、紧密相连。

史耀华常说，"企业草创阶段靠主要领导的个人管理，再进一步依靠不断建立健全的规章制度。到了高级阶段，则要依靠优秀的企业文化的巨大力量。因为最后的竞争是文化的拼搏。否则企业的可持续将成为一句空话。"

企业文化看似简单，看不见、摸不着，只能体会得到。但它又极其复杂。因为它无时不在，无处不有，在每个细节中体现。它是企业长期形成的极其深厚的文化积淀。它是每个人都能自觉遵循的一种默契和自觉行为准则。哪些该做哪些不该做，该怎么做，不用说，大家心里都有数。

"诚信、团结、自强、创新"是新疆民用建筑设计院的企业精神。史耀华对此有他独特的理解，他说：诚信就是厚道，这是企业的根本，所谓"仁者无敌"。团结就是集中大家的智慧和力量，具有共同的理想、共同的目标、共同的价值观；自强就是敢想、敢闯、敢干，相信自己是最好的，敢于打破常规，扬长避短、时刻注意自我完善和提高。相信只有想不到的没有做不到的，机会总是留给有准备的人。创新是企业的灵魂，没有创新就没有希望。最大的创新就是一切资源最为有效的整合。在这种已经形成的创新的惯性中运行，可以推动企业不断向新的高度进发。然而，创新又需要勇气、胸怀和智慧。有勇气改变可以改变的，有胸怀包容不能改变的，有智慧区别什么是可以改变的，什么是不能改变的。

新疆民用建筑设计院在自我发展的十年中积淀形成了自己独特的企业文化，打造出独具个性的企业精神；"信誉第一，质量第一，服务第一"的经营理念；"精心设计，优质服务，信守合同，用户满意"的质量方针；"以人为本、质量兴院"的发展战略；"按劳分配、按能分配、效率优先、兼顾公平、坚持兑现"的分配原则；营造出一种"和睦相处、和谐工作、和气交流"的"三和"作风和"高效运作、快速反应、一流设计、优质服务"的核心能力以及"学习、创新、合作、竞争"的员工能力。强调"状态决定一切"。在这里，老总和员工讨论最多最久的问题就是确立三个正确认识。正确认识市场经济和设计市场、正确认识企业在设计市场中的作用和地位、正确认识个人在企业中的作用和地位。

新疆民用建筑设计院独特的企业文化是史耀华以他自身独特的人格魅力、多谋善断，严格自律、长期潜移默化的必然结果。企业文化往往更多地体现出老总的性格，继而又形成了企业的性格，在企业文化里更多地包含了这种性格。他不仅是一个开拓型、创新型的技术专家、企业家，他还有着极高的文学天分和艺术修养。他的职称除了"教授级高级工程师"和"国家一级注册建筑师""长安大学建工学院兼职教授"外，还有"中华诗词学会会员""新疆诗词学会理事""新疆书法家协会理事"等身份。他创作的诗词受到普遍好评。他的书法如行云流水，博得许多大家的肯定和赞赏。在他办公室挂着的"厚道"两字就是他自己书写的。他也曾为知名学者的学术专著题写书名。他深爱着哲学和历史。他的博学、坦率等优秀品格集于一身。怎不让人折服！有这样一个老总，企业的文化氛围能不浓吗？少年理想做个诗人，这个愿望已经实现。如今，他已不仅有一首诗的分量，而且有一部书的厚重了。

　　史耀华所表现出来的极其旺盛的精力、不知疲倦的敬业精神，植根于强烈的事业心。每天上班他总是来得早，走得晚。星期六一般都是有事的员工来加班，没事的就休息。自他担任院长十余年来，他和他的领导班子全部放弃了星期六，这种坚持极为少见。每次出差只要当天能回的，都是当天往返。他有时候去郑州、西安、武汉等地出差，都是头一天赶到那边，第二天就回到办公室上班了。有一次到长沙招生，飞机修好后出发，晚上才到，连夜工作。事情办完后已是凌晨，直接飞回新疆。多年的繁忙工作使他养成了一个特殊习惯——行驶的汽车里和高空的飞机中是他最好的休息处。他上了飞机就睡着了。飞机在几千米高空中忽然遇到强气流，飞机颠簸，睡梦惊醒，还以为坐在汽车里。一巴掌拍在旁边乘客的肩膀上，嘴里嘟囔道："慢点开车！"他这种忘我的工作精神一时成为同事们的趣谈。

　　还有他的人性化管理。早在1998年他刚担任院长的时候就已经提出"以人为本、质量兴院"的发展战略。重视人才、珍惜人才、善待人才。让人才在精神和物质上双重体现自身的价值，在这里尤为突出。2007年才调来的、毕业于华南理工大学的电气高级工程师张明江说："我在其他单位白白浪费了20年时间，是这个单位的环境造就了我，又让我找回了自己。既为过去的20年惋惜，又为今天能实现个人价值而庆幸。在这样的单位，在这样环境里，只要好好干，只要努力，就一定有你很大的成长空间。"实际上是企业文化成就了他。

史耀华的人性化管理更多地表现在公平、公正和人文关怀上。他对待员工总是给予真心和爱心。无论是谁有了困难，无论是婚丧嫁娶还是生病住院，都能得到单位的照顾，都能得到真诚的安慰。一位高级工程师进院半年，不幸患上癌症，史耀华仍然把她看作大家庭的一员。工资全额照发、福利照发。全院党员和员工多次捐款相助。

史耀华说：办企业就是办人。所谓以人为本，就是从人性出发，关注人的生存，人的需求，重视人的地位与尊严。他总是以欣赏的眼光看待员工。你有什么新见解，新创意，他都会鼓励你去探索、去发现。他总是善于发挥大家的智慧。其实，这种先进的体制、最能发挥人的聪明才智和调动人的积极性、创造性，是最大的人性化，最大的以人为本，也是最好的企业文化。

为了发展和弘扬企业文化，他们还创办了一个内刊，名称叫《新疆民用建筑设计院有限公司通讯》（以下简称《通迅》）。从2000年1月创刊至今，已经整整十年，出刊37期。这个刊物越办越好，内容也越来越丰富。在这个刊物上，几乎每期都有史耀华的文章，对统一全院的思想和认识，指导各个时期的工作发挥了极其重要的作用。共设十几个栏目，如"院长论坛""龙虎榜""企业文化专栏""政策宣传""论文选登""文学园地""读天下""青年员工谈体会""文摘园地"等。在"文学园地"中经常可以看到史耀华最新的诗词和员工们的作品。可以看到富有哲理和深刻寓意、给人启迪的好文章、好故事。2009年9月，为纪念企业改制十周年，史耀华还专门请来了自治区著名作家撰写人物通讯，将那些为企业做出过卓越贡献的优秀员工和他们的事迹载入史册。目前已撰写出10多篇20多个人物，将陆续在《通讯》上发表。这无疑是对优秀员工的一次具有非凡意义的精神奖励。这是对他们的付出和贡献的最大认可。《通讯》已成为员工的精神家园。这个"看得见的企业文化"对团结、凝聚和鼓舞全体员工起到了积极的作用。

史耀华把他全部的精力和时间几乎都用在企业的发展和建设上，留给自己和家人的时间几乎微乎其微。他对自身的要求极其严格，不断提高自身素质和修养，不搞特殊化，坚持收入公开。让自己时刻保持旺盛、高昂和进取的状态。他的威信极高。员工们看到的总是乐观、自信、向上的精神面貌。他不断地给大家一个个新的惊喜、新的理念、新的希望，新的收获。他的勤勉、务实、不断思考、不断探索的工作态度时刻感染、激励、带动着大家。让这个企业也形成了这种风格，久而久之，也就形成了这个单位独特的企业文化。长期以来的超常规发展，与这些独特而优秀的企业文化紧密相关。

九、送上最高层

2009年，新疆民用建筑设计院的经营收入已经是1997年的40倍，签订合同较去年翻了一番。他们的发展速度不要说让外人感到吃惊，就连他们自己都有些意外。他们只顾以百米冲刺的速度拼命地朝前奔跑，来不及顾及身边的风景，结果一不小心把许多同行都甩在了后面。

这一切都在史耀华的预料之中。早在2000年的时候，为克服"三年怪圈"现象，他做了充分的思考。在企业界早就出现了这一现象：许多知名企业高速发展3年后，都会出现业务下滑，乃至停滞不前的现象。这种现象被学者、企业家称之为"三年怪圈"。史耀华很早就注意到了这个问题。他在2000年发表的《再接再厉，团结奋斗》《答乌鲁木齐经济广播电台记者问》《纪律和作风建设是大前提》，2001年发表于《新疆日报》的《而今迈步从头越》，2002年发表的《国庆感言》，他撰写的《诚信、团结、自强、创新》以及《质量是企业的生命线》《运行机制的辩证》《关于发展阶段的认识》等大量文章都在试图解决以上怪圈问题。特别是2006年发表在《新疆勘察设计》上的一篇题为《当前和今后应当着力把握和解决的主要矛盾》的重要论文。在这篇文章里，他提出了企业发展的三个重要问题，也就是需要着力解决的三类主要矛盾：一、关于经营与管理之间的矛盾；二、关于市场开拓与品牌建设的矛盾；三、关于企业发展速度与人才队伍建设速度的矛盾。由于他的高度警惕和努力克服，避免了企业滑入"三年怪圈"的"速度陷阱"，让企业保持了高速稳定发展。

"我们起点很低，发展时间很短。成长太快，难免缺钙。不可能重复别人走过的道路。只能独辟蹊径。"史耀华经常和自己的团队交流这样的观点。

新疆民用建筑设计院以自身的实力、信誉、质量和服务赢得了市场，创造了珍贵的品牌。新疆天山建材房地产开发公司董事长朱更明曾经感慨地说，新疆民用建筑设计院真是新疆乃至西北地区杀出来的一匹"黑马"，我们天山房产有现在这样的辉煌业绩，他们功不可没！

在对事业的追求与开拓中，史耀华永远没有满足的时候，似乎紧迫感和危机感一直在追逐、伴随着他，使他始终处于一种不断攀高的进取状态。在攀上一个高峰时又在谋取另一个高峰。他的人生事业从一个辉煌走向另一个辉煌。当他完成了设计院的改制、升级、迁址和人才、市场及品牌积累等一系列重大战略措施后，企业在新疆大本营的地位日趋稳固，又开始了他的战略扩张——走出新疆，打进内地市场，进入全国建筑市场竞争。

实力决定一切。北京理工大学珠海学院设计方案的公开投标中，新疆民用建筑设计院在全国数十家方案海选中脱颖而出。那是场公平、公正、公开的招标，所有的设计方案全部摆在展厅里，全体师生参与投票。他们的中标方案郑州动物园大门则是业主直接把多家方案登在《郑州日报》上，让全市居民电话投票。他们设计的阿塞拜疆共和国首都中心花园受到该国总统的高度评价。已经逐步形成"立足新疆，辐射内地、面向中亚"市场格局，市场份额和工程规模迅速提升，市场已经完全没有了区域概念。

"群英铁血摧荒野，塞上笙歌慰远宾"。史耀华以他满腔豪情渲染着诗意人生，创造着事业的辉煌。"桃源出世外，不看鬓毛白"。他乐观、豁达的心态时刻感染着他的团队。新疆民用建筑设计院也成就了他，让他实现了个人价值和理想。但是，面对现在的成就他仍感微不足道。他仍然感到任重道远。

2009年9月，史耀华站在时代的交汇点上，按照已经形成的"中原做长线，发达地区做品牌，新疆做地位（即本土地位的巩固和提高）"的新思路，又开始了新的征程。又一幅宏伟蓝图呈现在我们面前。以新疆民用建筑设计院为投资主体，在中心城市西安再成立一家独立法人的建筑设计院。两个设计院互为掎角之势，互动互补互衬。他们要走进这座文化古都，通过整合人才资源，进一步整合市场资源，为品牌建设、为进入高端市场打下更为坚实的基础。因为他敏锐地感觉到，企业要想继续保持高速健康成长，实现真正意义上的规模经营，就必须要寻找和开拓更为广阔的空间。

2009年"十一"大假期间，他一直忙于此事。现在，由中国大书画家范曾题字的"西安创元"建筑设计院已经通过当地工商部门的登记注册,一切准备工作都在紧锣密鼓地进行,开门揽客已经指日可待。这个如日中天、蓬勃发展的企业,又开始了新的跋涉。他们的非凡业绩在现在似乎已成历史,决意二次创业,开创新的纪元。他们的心太大,目光太远,永远都没有满足的时候。

当问及史耀华为何这样充满激情和斗志的时候,史耀华说,"感恩。感恩新疆这方热土,感恩时代赐予的机会。感恩所有关注和支持我们事业的人,也感恩所有的竞争对手。因此只能努力,不敢稍有懈怠。"

让我们以史耀华答谢范曾大师为西安创元题字的一首新诗作为本文的结语。透过这首气势磅礴的诗作,我们仿佛看到他内心深处依然波涛汹涌、风云激荡。我们坚信,再假以时日,史耀华和他的团队呈现给我们的一定又是一幅如诗如画的迷人风景。

七律·答范曾大师题字

雁翼金风度玉关,龙蛇曼舞紫云间。宏图欲借新天地,原创当期汉古垣。猎猎心旗惊漠雪,锵锵画戟荡征帆。击节丝路八千里,立马昆仑问华山。

漫漫沧桑路　大漠变通途

——五家渠市交通事业 60 年回眸

　　这里原本没有路，一片荒漠，一片戈壁。但是在军垦人的前面从来就没有路，路就在他们的脚下，路就在他们的身后，他们走到哪里哪里就是路。

　　六师，这支英雄的部队，1927 年黄(安)麻（城）起义的时候，他们是农民自卫军，在高高的山岗，在密密的丛林，他们走出了一条游击之路；1935 年是红军 91 师的时候，他们两爬雪山、三过草地，在人迹罕至的不毛之地走出了一条万里长征之路；1949 年是解放军六军 17 师的时候，他们打兰州、穿戈壁、过玉门，徒步几千里，走出了一条新疆和平解放之路；1954 年他们成为兵团农业第六师的时候，他们浩浩大军开进茫茫大漠，他们又走出了一条屯垦戍边之路。在这一条条没人走过的路上，他们走出了 96 位将军，走出了一支能征善战的铁军，走出了一片瓜果飘香、经济发达的绿洲。

　　面对现在四通八达的现代化交通网络，面对高速路上飞驰而过、川流不息的各种车辆，如果我们把这条路比作一条时光隧道，让他们向着六十年前的那条路上开进，最后他们只能走进无路可走的大漠戈壁；如果把这条路比作一条奔腾不息的江河，让我们越过千山万水去寻找它的源头，它将消失在群山峻岭之中。

那就让我们在这六十年的回眸之间，去寻找这条路的尽头吧！

上篇：漫漫岁月沧桑路

对于路，军垦人有着太多的感慨。战争年代，无论是长征路还是解放新疆路，所有走过的路都是永不回头，不会和后来的生活有关系。然而这条进军大漠的垦荒之路却是和他们今后的生活息息相关的，这是伴随他们一生的生命之路，是他们生存、繁衍、代代相传的希望之路。在这条路上洒下了他们太多的辛酸和汗水，也给予他们对未来更多的希冀和渴望。

在那个"五户人家一条渠"未来的五家渠市还是一片荒漠的时候，实际上于1950年3月，王震司令员亲自选点兴建的"八一农场"（1954年农六师成立后改称102团）是农六师的前身和基础。当时的"八一农场"还下辖南山、焉耆、奇台、北塔山四个牧场。下设处和科，有2名师级领导和4名团级领导。在当时的八一农场还没有一条路，如果说有路，可以说到处都是路：黄羊在大漠中踏出的小道，拖拉机在荒原留下的辙印，甚至你自己在荒原上随意地走出一串脚印，这都可以称之为路，只要你不走错你要去的方向就行；说没路也真是没路，因为没有一条路能让你直接到达你要去的地方。

1953年1月，军垦人开始修建他们向外通行的第一条路，这就是梧甘公路（梧桐窝子至甘泉堡）。这条路总长21公里，宽9米，直接连接交通要道五七公路，成为八一农场对外的一个出口。通过这条路，可以直接到达乌鲁木齐、米泉、阜康等地。如果把时间向后推移到60年后的现在，那么这条路就是我们现在看到的80米宽的米东大道。然而在当时，谁也想不到也不敢想象它竟有如此辉煌的现在。

那是一个战天斗地、群情激昂的冬天，那是一个热血沸腾的年代，几千名军垦人在这里安营扎寨，他们冒着天寒地冻在这里修公路、修水库（八一水库）。那个时候没有更多的运土工具，他们车拉人抬，手推车、爬犁子、抬把子、毛驴车，能用上的都用上了。两帮人马混在一起，人山人海、红旗飘飘，那幅如诗如歌的场景和画面至今还深深地保留在军垦人的记忆中。

路和水库都修好了，留下了一个30多人的护路排，实际上主要是防护水库，兼顾护路。后来路修多了，又分别修建了梧牧公路（梧桐窝子至古牧地）、梧五公路（梧桐窝子至五家渠）以及到各连队的公路等，八一农场就专门成立了一个护路队，这是六师的第一支专业护路队，这支团场自发成立的护路队自始至终建制完备，直到现在。

为了完成更多的护路任务，护路队人员陆续从梧甘公路上撤回到团部，后来就剩下赵云智、余帮利、金九鼎三家，成为护路队的一个护路点，他们长期驻扎在梧甘公路上，守护着八一农场对外的唯一通道。他们当之无愧地可称为军垦第一代公路人，护路神。

这三户人家住在离团部六公里外的一个叫红柳村的地方，这里曾经是兵团医院的菜地，在那里，兵团医院撤走后给他们留下了三眼自流井和几间房子，这成为他们最为理想的养护站。那时候的养护绝没有现在这么复杂，开始是土路，后来是砂石路，无论是土路还是砂石路，他们的养护方法都是一样的，那就是垫坑，哪里有坑哪里垫，劳动强度是超常的。垫坑虽然简单，但不持久，不像现在的沥青路补坑，一旦补好就可以管个一年半载，垫坑就不行了，几天过后又和没垫一样，因此，他们一刻不停地奔忙在这条路上。

当时他们有一辆毛驴车，这是他们唯一的交通工具。平时工作拉土拉石料用它，到团部拉运生活物资用品用它，有人到医院看病、住院用它，每家拉运过冬的柴火还是用它。这辆毛驴车成了他们每时每刻都离不开的心爱之物，成了他们生活不可分割的一部分。

在那里居住的还有几家哈萨克族牧民，这里是他们固定的冬牧场。夏天，他们举家迁徙到山里的夏牧场放牧，冬天，他们就回来和这三家养路人相依为伴。他们的关系相处得极为融洽，过年过节或者来了客人，赵云智他们就把哈萨克族兄弟叫来一起欢聚，他们也经常叫赵云智他们去他们的房子里喝奶茶。他们不会写汉字，不会算账、打条子，每逢这样的事情他们就会找汉族兄弟帮忙，碰到被狼咬死的羊他们就送给汉族兄弟吃，他们好得就像一家人一样。

有一次，养护站的小毛驴不慎丢失了，养护站的几个人急得团团转，附近找遍了也没找到。哈萨克族兄弟努哈力知道了，他急忙四处打听。因为他是放羊的，对那一片地方和人都熟。经他四处寻访，终于知道了是阜康的一个牧民捡到了。于是，他又带着养护站的人前往20公里外的阜康把毛驴找了回来，这让养护站的人感激不尽，也让他们终生难忘。在那些年里，他们哈萨克族、汉族两家就是这样亲密地交往着，水乳交融，密不可分，共同度过了那个艰难的岁月。

这个养护站的三户人家直到1976年才全部撤回团里，此后，他们一生都在从事公路的养护工作。他们把人生最宝贵的时光都留在了那片荒凉寂寥的土地上，留在了那条漫漫长路上。在那条极其平凡的大路上，每一寸土地都浸透着他们辛勤的汗水，每一粒石子都包含着他们对那条路的深情。他们是农六师第一代养路人，见证着农六师公路的成长、发展和壮大。令人遗憾的是，他们三个人中有两个都已去世，只有69岁的赵云智老人还健在，他向我们谈起过去的时候，仍然精神矍铄，充满当年的豪情和公路人的自豪。

为了解决垦区行路难的问题，1960年5月，师部开始修筑五家渠至安宁渠砂石路，全师各团场开展群众性修路运动。如果说梧甘公路（梧桐窝子至甘泉堡）是六师的前身八一农场对外的一个出口，那么五家渠至安宁渠公路则是六师师部五家渠向外通行的一个出口。这个地处天山北麓中段、准噶尔盆地南缘，东起北塔山，西至玛纳斯河，南抵天山，北入古尔班通古特沙漠，总面积824平方公里，下辖四个垦区十九个农牧团场的农六师垦区干线公路建设序幕正式拉开。师机关集中千余名干部职工，8辆汽车，经过40多个昼夜奋战，拉运砂石7000多吨，将五家渠至安宁渠25公里修成砂石路面。

20世纪60—70年代，师市发扬军垦人特别能吃苦、特别能战斗的兵团精神，利用人拉肩挑，先后又建成了五蔡（五家渠—103团）、五乌（五家渠—乌鲁木齐）、五梧（五家渠—102团）、奇红（奇台农场—S303公路）、呼芳（呼图壁—芳草湖农场公路）、芳马（芳草湖—106团）、新玛（新湖农场—玛纳斯）等师、团简易的出口土路。

兵团人对路有着太深刻的记忆，因为它给兵团人留下了太多的痛苦和无奈。在此后的岁月里虽然有了路，但除了每个团场的出口路能给团场争点光以外，团场内部的那些土路、简易路都是些什么路啊？由于没有养护，没有维修，在全师的每个连队通往团场的每条道路上，都是一条颠簸之路，一条尘土飞扬之路，一条在艰难跋涉中的泥泞之路。

20世纪70年代在101团七连曾发生这样一件事：职工王世发的妻子

急需生产，连队就派了一辆拖拉机拉上产妇急忙往师医院送。当时的师医院在柳树庄子，离五家渠有七八公里。七连离师医院也就是十几公里，可就是这点路走了2个小时都没走到。当时正值春天化雪，路上又滑又颠。在那条"车在路上跳，人在车上跳，心在肚里跳"的路上，把人的心肝肺都能颠出来。好人都受不了，何况又是一名产妇。驾驶员越是急车越是颠，产妇在车厢里一次次被颠得抛起来，疼得嗷嗷乱叫，几名看护的人也被颠得东倒西歪，根本无法照顾产妇。就这样连颠带疼、连急带叫，车还没到医院，孩子竟在半路上生出来了，其实孩子真正是让车给颠出来的。于是，车又掉转头向回开了。后来，王世发给这个被车颠出来的孩子起了一个很有纪念意义的名字——"路生"，大名就叫王路生。如今王路生也三十多岁了，相信他对路一定有着自己更独特的理解和感受。

上面所说的是一个让人感到欣慰的故事。然而在那个年代，许多人都没有这么幸运，由于路况太差，得不到及时救治，许多重危病人和产妇都死在了送往医院的路上或者自己的家中。那时候许多偏远的连队都没有路，每到冬天和春天几乎与世隔绝，外面的人进不去，里面的人也出不来。冬天的第一场大雪将原来的路面覆盖得严严实实，看不到有一丝一毫的痕迹。如果有一辆链轨式拖拉机凭着记忆走一趟，那就是一条新路诞生了，但它很快又被新的一场大雪覆盖了，一切又恢复了原样。特别是春天冰雪消融的时候，由于车轧人踏，原先所谓的路要比旁边的地势低，那条路就变成了一条小河，两面所有融化的雪水都顺着那条路流淌。一般每个连队都有一两辆马车，那是连队的主要交通工具。如果连队或谁家有急事非出去不可，那也不能走路，只能走在路两面不是路的路上。由于路两边太颠，或者无路可走，绕都绕不过去，那你只能赶着马车抱着侥幸心理走中间的路，幸运了，或者你赶车技术好，你可以连滚带爬地闯出去，但很多的时候都没有那么幸运：在一片泥和水的中间，赶车人站在车头上，手里的鞭子挥得呼呼作响，一鞭子一鞭子地打在马的身上、脑袋上，尽管马儿们也奋力地拉车，甚至拉断了绳子也无济于事，车越陷越深，有时候辕马也累得倒卧在泥水里。人、马、车都是一身泥一身水一身汗，赶车人无计可施，只好卸了马，骑一匹牵几匹地回去另想办法。那个时候，在一片泥水的中央，或者一条烂泥路上，经常可以看到一辆辆陷在泥水里的车辆，或者是马车，或者是轮式拖拉机，甚至是链轨拖拉机。在车主没想出办法拖出来之前，那些无人的空车在泥水里一待就是好多天。在这样的情况下，无论碰到什么样的急事，你也无可奈何，欲哭无泪。

还有比这更惨的。新湖农场三分场九连是深入古尔班通古特沙漠的一个边远连队，这个连队四周全是沙漠，直到20世纪90年代都没有路，实际上也无路可修，因为能通路的地方都被一道道沙梁隔断。除了遭遇前面所说的冬春没路情况外，即便是夏天也经常无路可走。这个连队从来没有一条固定的路，因为只能沿着沙梁寻找它最薄弱的环节穿过去，在那个沙层最薄的地方用推土机把沙子推掉，这里就成了路。然而一场遮天蔽日的沙尘暴过后，那个能过去的通道又被填得严严实实。风暴过后，不但路被堵死，许多渠道也被填埋，他们不仅又要寻找新的路口，还要清理渠道。他们就是在这样的环境中周而复始地与大自然顽强地抗争着。

那个时代的人们忍耐力极强，其实对公路的期望和要求并不高，他们受够了"冬天北冰洋，春天太平洋；晴天一身土，雨天一身泥"的痛苦和遭际，他们从没奢望什么时候能有一条柏油路，这样的事情想都不敢想，只要能有一条砂石路他们就心满意足了。因为尽管沙石路也很颠，但它不会影响正常通行。无论是春天的冰雪融化，还是夏季的瓢泼大雨，开着车都不会陷在泥水里，不会滑倒在路旁的沟里；骑着自行车不会再变成车骑人，扛着自行车在烂泥里艰难跋涉；晴天，也不用担心在半腿深的汤土里扑腾，一股股浓烈的尘土往驾驶室里冲，让你变成一个看不见鼻子眉毛的"土族人"。但是，就是这样的愿望也很难实现，在当时的连队里，这样一条简单的砂石路也极其罕见。这就是当时的路况，虽然那个时代已经过去，但那一条条令人不堪回首的沧桑之路，已经深深地刻在人们的记忆中，永远也无法抹去。

进入80、90年代，随着改革开放的不断深入，思富心切的人们，更进一步地看到了"要想富、先修路"的重要性，在没有上级投资的情况下，发扬"自力更生，艰苦奋斗"的兵团精神，充分发动职工群众，义务投工投劳，拉运砂石，将每个团场的出口路和主干道逐步升级为简易砂石路和撒铺沥青路。但是，在团场内部的大部分分场和连队的道路仍然没有大的改观。

由于路的制约，人们的出行都很困难，更不要说经济发展，许多团场都处于亏损状态，广大职工始终生活在艰难的贫困线上。军户农场、红旗农场和奇台农场一直成为国家级贫困农场，许多知名企业纷纷倒闭，如梧桐化工厂、汽改厂等。路，成为制约人们幸福生活、经济发展的瓶颈。

中篇：大漠戈壁变通途

"千树万树梨花开"，仿佛在一夜之间，整个中国大地都发生了令人目不暇接的巨变。在改革开放的90年代后期，特别是跨入21世纪后西部大开发的实施，农六师的各项事业都进入一个前所未有的飞速发展历史时期，交通事业更是欣欣向荣。仅仅几年间，那一条条公路就像是千百条冬眠的蛇，在那个无限明媚的春天里同时苏醒了，纷纷从洞里爬出，向着大漠，向着戈壁，向着人们所有需要通行的地方延伸。无论是一道道沟壑还是一条条河流，无论是碱滩、沙梁还是一片片荒漠，都无法阻挡，村与村相通了，连与连对接了，人们还没来得及等到几十年渴盼的砂石路，却在几年间等到了想也不敢想的柏油马路，而且班车通到了家门口。看着那一条条黑油油的柏油马路和来回穿梭的车辆，许多人都感觉跟做梦一样。

我们从这样一组数字中就能看出这种变化："八五"期间六师公路总投资仅2666万元，而"十五"期间完成公路基础设施建设投资7.16亿元，是"九五"期间的6.2倍，是"八五"期间的26.86倍。"八五"末农六师国民生产总值仅为11.98亿元，而"十五"末全师国民生产总值为33.85万亿元，是"九五"末的1.9倍，是"八五"末的2.8倍。2008年，全师实现国民生产总值60.25亿元。

"十一五"期间公路投资力度更大，完成公路基础设施建设投资9.06亿元，建设公路总里程1508公里，截至2008年，师市共有公路里程4593.514公里。其中：省道里程901.695公里，县道里程901.692公里，乡道里程2170.605公里，村道里程619.522公里；2009年师在建省道341.4公里、乡道135.4公里、村道152.1公里。师市共有等级客运站31座，其中二级客运站1座，三级客运站4座，四级客运站8座，五级客运站18座，客运线路60余条。师市14个团场有13个团场75%的连队通了柏油路，把路修到农工家门口、班车通到了家门口，实现了路通车通。

　　兵团人对路有着一份特殊的情感，因为他们用漫长的痛苦和无奈深深地体验了路的无比重要和珍贵；还有一个重要的原因那就是：兵团的路是自己的路，都是团场和职工自己出钱、出力、出工修建的，它包含了兵团人的辛勤汗水。

　　在修路这场改变人们生活方式的巨大历史变革中，军垦人表现了极大的热情和牺牲精神。在这一时期，全师市的每个团场的每个连队几乎都在修路，路修到哪里，哪里就干部职工齐上阵，他们集中连队的全部人力、物力、车辆，全力配合公路建设，主动拆除障碍物和清理路基上的垃圾。铺油面时组织义务护路队，昼夜看护路面把守路口，防止车辆和行人上路损坏路面。遇到居民的住房妨碍公路施工，他们就主动地拆除，居住在临时搭建的小房里。军户农场十二连四户职工主动撤出房屋后毫无怨言，他们动情地说："柏油公路能修到我们这么偏远的连队来，修到家门口，这是我们做梦也不敢想的事情，为了造福集体，为了我们几代人盼望的公路，拆我们几间房子算什么。"

　　王月武是红旗农场四分场一连的一名普通职工，因连队地处准噶尔沙漠边缘，交通十分不便，家庭十分困难，一直没能成家。为了不让他的悲剧在其他年轻人身上重演，从20世纪70年代开始，他几十年如一日，推着手推车，拉着铁锹、十字镐，不管是春夏秋冬还是酷暑严寒，饿了啃点干粮，渴了喝口凉水，常年在吉红公路沿线义务养护公路。当2002年吉红公路通车的那天，老王露出了欣慰的笑容，因为他知道，我们的后代从此能走上富裕的道路，能知道外面的世界，能娶上媳妇了。从此，他也更加爱护这条公路了。

　　为了管理好公路，农六师新湖农场路政办主任石海生更是铁面无私。新湖农场位于天山北坡经济大动脉甘莫公路（甘泉堡 — 莫索湾）两侧，这条干线公路与乌奎高速公路平行，近年来，随着准东煤田的开发，超限超载的运煤车辆为了逃避高速公路收费，大量涌入甘莫公路，给甘莫公路交通管理带来了巨大压力，也给路政管理提出了更高的要求。石海生从1988年就从事修路、养路、交通管理等工作，他深爱这份工作，作为一名老共产党员，他数十年如一日，秉公执法、一身正气，对于超限超载管理，他从不放人情车，他说："我宁做恶人，不做罪人"。他的队员也是如此，只要你从新湖过，不论白天黑夜刮风下雨，都能看到他和队员的身影。在他管理的70公里省道辖区内，路况完好率达到98%以上，近两年收回超限费160万元。有效地遏制了超限超载不法行为，维护了道路和交通安全。

为了护好自己的路，在20世纪七八十年代，全师每个团场几乎都成立了养护队，但由于没有资金来源，国家不给一分钱，团场又负担不起，一个个养护队又自行消亡，后来全师拥有专业养护队的只有2个团场，一个是102团，另一个是新湖农场，而且一直保持到现在。在当前公路大发展的形势下，师市组建了公路养护所，19个团场也相继成立了公路养护管理办公室，同时在五家渠建立了养护中心，在芳新、奇台垦区建立了养护站，开展多渠道筹措养护资金，购置路面综合养护车、小型养护机具，加强公路养护，这些措施基本保障了师团一级公路的维护和保养，但是近年来新修的大量的通营、通连"农村公路"怎么办？

修路是关键，护路同样是关键。过去的农村公路，大都是土路和砂石路，养护当然好，不养护也坏不到哪里去。但是现在不同了，都是柏油马路，不及时养护，几个小坑就能毁了一条路，那可是团场和职工的命根子啊，那可是职工们倾注一生的愿望和心血啊！为了保证路的使用寿命，为了保证这来之不易的现在，必须解决好农村公路的护路问题。

可是资金从哪里来？国家又不给一分钱，团场又承担不起。过去各个团场成立的养护队，资金都是从职工身上摊，可是摊少了不解决问题，摊多了职工又受不了，当时就是因为资金问题没法解决，一个个养护队才自行解散的，现在又面临这样的问题。

对于军垦人来说似乎没有什么不能承受的，也没有什么不能解决的，因为他们有"兵团精神"这个法宝。在养路护路上，也彰显了这种兵团精神，形成了兵团独特的公路养护特色。

既然出钱出不起，我们就出力。路是我们自己出工、出力修建的，这是我们自己的路，我们自己不养护谁养护？我们有兵团精神，我们有特别能吃苦、特别能战斗的职工队伍，我们怕什么？根据师市交通局下发的公路管理养护标准，各团场根据"谁受益谁负责"的原则，实施"责任到单位，分工到连队，承包到个人"的包干措施，所有的小型路面养护和路基、林带的日常维护工作都用职工出义务工的方法解决。他们制定了一整套公路管理细则，根据路线和单位的所在位置，对每个营、每个连、每个人的责任区都进行了详细的划分。每个营级主要领导作为第一责任人和团场签订道路维护责任书，每个连和营签，每个职工又和连签，层层签订，责任到人。责任书中对道路的冬季扫雪、路面垃圾清扫、路面的修补、路基的维护、路边杂草的修剪美化，以及林带的维护补栽等都做了详细规定。

这项养护措施已实施多年，效果极好。军垦人是乐于奉献的，况且这还不是光为别人奉献，路是自己的路，我们自己不爱护谁爱护，我们自己不养谁养？他们把路像种自己的承包地，像对自己的孩子一样悉心照料。每年冬天一下雪，他们自己院子里和门前的雪先不管，都是第一个跑到公路主干道上去扫雪，然后再扫村里的，最后才是家里的。途径奇台农场的一名木垒司机不胜感慨地说："我走了许多地方，还没看到像奇台农场的，下雪后上百公里的积雪都能及时清扫干净，你们兵团的吃苦精神真让人佩服。"其实这已经成为沿线职工的一个自觉行动和习惯。

下篇：豪情满怀扬帆路

师市"一横六纵"公路网的形成，使五家渠市和9个重点小城镇联为一体，使师市内部与外部联为一体。师市党委以科学发展观为指导思想，实施自治区党委和兵团党委"大交通、大物流、大循环"的发展理念，给师市的经济带来前所未有的飞速发展。

六师五家渠市已成为一座在戈壁滩上崛起的现代化绿洲新城，全师形成了5个各具特色和优势的经济发展区域：中部以五家渠市为中心的城市经济及城郊经济区，纺织、机械制造、塑化、食品工业基础坚实，垦区盛产瓜果、蔬菜、小麦、玉米和水产品，尤以103团哈密瓜驰名疆内外，创年产哈密瓜10万吨历史，被誉为"中国甜瓜之乡"；西部以芳新垦区为中心的棉花经济区，年产棉量位居全国农垦企业第一；东部以奇台垦区为中心的粮草畜经济区，年产粮5万吨，位居兵团第一；南部以乌鲁木齐为依托的商贸经济区；沿天山以大黄山煤矿为重点的煤炭工业区。

甘莫公路（甘泉堡—莫索湾）的建成，贯通了芳新、五家渠和奇台三大经济垦区，形成了以五家渠为中心的两小时经济圈（以往为4—6小时），大大缩短了基地和市场的时空距离。沿线三个垦区的商贸流通业日益繁荣。五家渠市、芳草湖农场、军户农场、新湖农场、奇台农场5个工业区相继开工建设，中基番茄、菱花味精、新光油脂、春蕾麦芽和信发集团等一大批跨国、跨省产业化龙头企业相继在各工业区落户，沿线团场产业链大大拉长。中基番茄项目带动了10万亩番茄种植；菱花味精一期3万吨项目带动10万亩玉米种植；金宝科技牛肉屠宰项目带动10万头（只）养殖基地；春蕾麦芽项目带动10万亩大麦种植。师市逐步把以棉花为主的农业经济结构调整为棉、麦、玉米、番茄和特色养殖业等多元结构。2009年全师农作物结构调整为三个三分之一，即粮食，棉花、番茄等经济作物各占三分之一。

红旗农场、奇台农场和军户农场20世纪90年代是国家级的贫困团场。随着国家支持西部地区边境贫困团场、民族团场发展战略的实施，六师利用国家精边工程和扶贫工程，2001—2005年五年间红旗农场先后建成了30公里红旗至216国道扶贫路、24公里红旗至吉木莎尔县的通县路、60公里的粮食产区道路、8.5公里的场镇路、57公里的通连路、110公里的连队内部路，现在的红旗农场柏油路通到了家门口，连连通上了班车。交通条件的改善，为农场的社会经济发展带来了前所未有的机遇，也给团场小城镇建设带来了巨大的商机。投资商、房产开发商陆续落地农场。近年来，红旗农场累计建成住宅面积26750平方米、商铺3580平方米、招商引资红花色素厂等10家企业，投资5.5亿元。团场基础设施的建设，使农场职工第一次像城里人一样住上了楼房。农场面貌巨变，职工的住行条件得到了极大的改善，从原来的国家级贫困团场，一跃成为师市经济发展较快的团场，连续3年考核位列全师第二。

军户农场，在2000年前每年因公路通行较差，农副产品拉运过程中直接造成经济损失就高达100多万元。自2000至2005年，经多方努力及兵、师两级的关心和支持下，农场共投入公路建设资金2200万元，修建贯通团场各级道路55公里。到2004年10月全场十四个农业连队全部通上了柏油路。团场内部道路贯通后，吸引中基公司投资建成年处理4150吨番茄原料的加工厂，吸引新疆西域种业集团投资建成年加工1万吨玉米的种子加工厂，同时与新天合作建成了3万亩酿酒葡萄生产基地，带动了6条产业链的形成，团场的经济随着交通条件的改善有了质的飞跃。职工收入多了，团场效益好了，在2004年大灾之年团场仍然实现利润638万元，职均收入12600元。由于交通的改善，所有农产品销售一空。农场实力大幅度提升，扩大了知名度，增加了兵团的影响力。由于团场经济实现了跨越式发展，促进了农场各民族之间的团结和睦相处，社会治安综合治理状况的稳定，使原来的一个山区落后的民族团场连续五年被评为兵团"红旗团场"。

奇台农场的道路建设加快了农场城镇化建设步伐，城镇建设已呈现规模。招商引资7.2亿元，建成商住房86000平方米，招商引资建成年产5万吨的春蕾麦芽厂，解决团场70多人的就业问题，工人人均收入达到万元以上，该厂年增加值占该团50%以上。公路的发展带动了农场的经济迅速发展，2008年职均收入突破了万元，创造了历史新高。甩掉了多年的国家级贫困团场的帽子。

北塔山牧场位于阿勒泰山脉、中蒙边境，海拔3200多米。他们守卫着祖国130多公里的边境线，捍卫着祖国边陲的稳定、和平和发展。师市交通人发扬"艰苦创业，无私奉献"的兵团精神，在亘古荒原，在生命禁区，建起了一条条戍守边关的路，创造了一个个人间奇迹。使边境团场通达时间缩短了2/3。

公路建设和客运业的高速发展，同时还促进了旅游业的快速发展。4.8万平方公里全国第二大沙漠——古尔班通古特沙漠风光得到众多外地旅游者的青睐。五家渠市青格达湖旅游区，下兴湖、凤栖湖水上乐园湖光山色，与四周的野生动植物构成了独特的绿洲风光；北塔山硅化木、诺敏风城、石钱滩、原始森林和大草甸子等地质奇观平添了古老而神秘的色彩。生命与极限竞争，绿浪与黄沙交织，现代与原始并存，形成了独特的沙漠绿洲自然风光人文景观。青格达湖一年四季的观鸟节、郁金香节、荷花节、冰雪风情节；101团生态观光农业园；103团沙漠探险区；遍及城市周边的团场农家乐休闲旅游园等都成为本地居民和区外游客踏足的热点。108团至奇台一万泉公路通车后，前往景区的时间可缩短近1小时，有力地带动了旅游业的开发，促进了团场经济发展。青格达湖旅游风景区17平方公里水面、9平方公里湿地面积、10平方公里的林地，129个品种120万株缤纷郁金香，与五家渠市近几年修建的东、西环道路浑然一体，天然纯朴，幽静别致，碧绿的湖水里倒映着博格达峰，水天一色，令人神往。据不完全统计，仅2009年"五一"小长假期间，青格达湖景区共接待游客12.5万人次，旅游营业收入达869.4万元，其中门票收入202万元，相当于2000年师市全年接待游客营业收入的10倍，较好地展示了交通发展的社会效应和经济效益，对六师五家渠市旅游业的发展起到了积极的推动作用。

师市以"以人为本，科学发展"的发展理念，通过内引外联的方式，加快客货运网络化建设，规范客运管理。全师8个团场2009年建站可达到14个，团场建站率100%，班车通达率100%，连队班车通达率60%，给职工群众的生活带来了极大的方便。同时以资源为纽带重组运输企业，实现了规范的公司化经营。客运公司由国资公司吸纳民营资本、兵团新建客运集团公司出资组建；物流公司由国资公司、师棉麻公司、农资公司、鸿基焦化和民营资本出资组建统一货源管理和运输配载，逐步实现由传统服务向物流服务的转变。到"十二五"末兵团干线公路将全部改造为一级，垦区干线公路全部改造为二级，团场干线公路改造为三级，路面铺装达到100%，连队通畅达到100%；连队通班车率达到100%。

经过60年的开发和建设，师市现有耕地面积258万亩，草场549万亩，林地30万亩，水域41万亩。与乌鲁木齐市七城市经济圈的诸城市山水相依，优势互补，拥有良好的投资环境和得天独厚的发展环境。截至2008年，全师完成公路运输增加值3.09亿元，完成旅客周转量122441.18万人公里，完成货物周转量87541.45万吨公里。

历史的长河，奔流不息。在这不平凡的60年里，六师五家渠市交通人历经创业的艰辛、改革的历练和发展的洗礼，实现了历史性的跨越，铸就了一座路的丰碑。在这座丰碑里，有军垦人的坚韧和奉献，也有军垦人的奋斗和成功；有他们的痛苦和希冀，也有他们的欢笑和泪水，它承载的太多太多……但它反映更多的是兵团的一种时代精神，我们坚信，在未来的日子里，这种精神必将绽放出更加绚丽的生命光芒。

两千年的漫长岁月，两千年的荣辱兴衰，这条古丝绸之路的千年古道却始终没有变，给这个世界留下的仍是一片空白。当近代的文明让世界变得越来越小、越来越近的时候，这条曾引以为荣的丝绸古道，却变得越来越遥远，越来越艰难。和田，这个曾经创造西域文明之地，仿佛是一个遥远的天国，变得那么可望而不可即。

是中华人民共和国的成立，让和田又一步步离我们越来越近。和田从中华人民共和国成立前的靠人力畜力两个多月到乌鲁木齐，到20世纪50年代搭乘汽车、拖拉机、毛驴车等各类交通工具20天到达。接着20世纪60年代10天，20世纪70年代7天，20世纪80年代5天，20世纪90年代初3天，1995年沙漠公路开通后，各族群众坐在舒适的大巴上朝发夕至，一天就可以抵达。把这些几年一个变化和过去几千年没有变化的漫长岁月相比，让那些沉重的历史去想、去思考吧！

仿佛等了几千年就是在等这一刻。在2000年21世纪到来之际，和田这块古老的大地似乎突然苏醒了。国道315线的全面改造给了它强健的体魄，农村公路的全面建设给了它新鲜的血液，两条沙漠公路的建成给了它腾飞的双翼，和田开始起飞了。

特别是两次农村公路的全面建设，为和田地区农村产业结构调整和广大农牧民的脱贫致富打下了坚实的基础。实现了农村经济的繁荣，提高了人民生活水平，推动了和田地区经济快速增长。

大漠古道变坦途

——和田地区交通事业60年发展纪实

丝路漫漫，驼铃声声。

巍巍昆仑山下，茫茫大漠边缘，一条千年古道载着悠悠的岁月，向我们叙述着这条古丝绸之路昔日的沧桑和辉煌。

两千多年来，沿着这条横贯欧亚大陆的丝绸古道，各国使者、商旅的驼队不绝于途，把古老的东方文明源源不断地向西方传递。穿过悠远的时空，在空旷的大漠和浩茫的沙海，我们仿佛仍能听到那绵延不绝、清脆悦耳的驼铃声……

和田，这个地处亚欧大陆腹地的古丝绸之路要道和重镇，当时的东西方文化在这里融合、汇集，曾创造了享誉世界的昔日辉煌和著名的西域文明。"万方乐奏有于阗"，驿道的繁忙和空前的文化融合，让这块古老而又遥远的土地达到全盛时期，也成为它珍藏和骄傲的一段弥足珍贵的记忆。

如果我们根据创造力把时间浓缩的话，把发生翻天覆地变化的中华人民共和国六十年和如同一张白纸的和田两千年历史相比，它只是短短的一瞬间。而就是这一瞬间却创造了人间奇迹。从中华人民共和国成立前的没有路，到2008年的全地区公路总里程达到15672.9公里；从过去的骑着毛驴或徒步辗转两个月才能到达迪化，到现在的顺着沙漠公路一天就可抵达乌鲁木齐，仿佛让和田从遥远的天国一下又回到了人间。

路，是和田人几千年的一个梦，这个梦几乎就在一瞬间实现了。

上篇：远去的古道

路是人类社会人流物流的动脉，路是连接城市乡村的彩虹；路是一个地区经济发展和文明程度的象征，路是记载一个时代发展的最好见证。

数千年来，和田人世世代代都是沿着前人的足迹，往返于那条声名卓著但却是坎坷曲折的天然古道上。

在强大的风沙面前毫无防御能力的古道，一次次被逼得向南撤移，直至被逼到昆仑山的脚下而无法移动为止。落后的交通和落后的生产力是一对患难与共的孪生兄弟，让苦难的和田人始终无法摆脱。

当时的和田地区各县（市）城市道路均为简易通道或自然路。专用公路只有杜瓦矿区公路一条，有2座大型永久性桥梁，一座是1938年始建的玉龙喀什桥，一座是1940年始建的喀拉喀什桥，均为简枝叠梁木桥；另有中型桥1座，小型桥2座。交通车辆、机械设备几乎为零。这就是中华人民共和国成立初和田公路事业的全部家底。

中华人民共和国成立前，人们出行，没有任何代步工具，就连毛驴车也只有富人家才有，从和田到乌鲁木齐骑驴或步行要走两个多月的时间。中华人民共和国成立后交通条件虽然有了改善，但到乌鲁木齐仅有经喀什、阿克苏、库尔勒的通道，需要阶段性搭乘汽车、拖拉机、毛驴车等各类交通工具，经过20多天的长途颠簸和辗转才能到达。运输工具更是落后，几乎没有什么机动车辆，人们出行和运输全靠人力畜力。沉重的历史迈着艰难的脚步，在响彻了两千多年驼铃的古道上，又更多地响起了驴鸣声。

1955年以后，随着城市建设的发展，城市道路也发生了变化。修建了和洛公路（和田—洛浦），全长约41公里，和墨公路（和田—墨玉），全长31公里，和皮公路（和田—皮山），全长约180公里。但由于道路全为沙土路或沙砾路，属简易公路，通行能力十分弱，很少有车辆通行。县乡道路也只有墨玉县7条，皮山县2条，于田县2条，其他县（市）的均为自然路。

和田以东仅有喀于公路（喀什—于田），且大部分路段还是简易公路，该线路弯曲狭窄、坡度很大，当时能勉强通车，虽是公路，实际上没有畅通，也很少有车辆通行。和田再往东的民丰、且末、若羌从来没有路，通行运输一直都是完全依赖畜力。1955年以后虽然又修建了民丰—皮山简易公路，将民丰和于田进行了连接，但道路均为沙土路，道路状况差，通行能力弱，桥梁均为异常简陋的临时性木质桥，受自然因素和季节性变化影响而时通时断。就连小规模的货运、客运也无法正常维持。

1955年，和田养路段成立以后，沿线成立了公路养护道班，但由于路况差，弯道多、路面窄、搓板路多，车行速度缓慢，机件磨损严重。每年雨季，昆仑山山洪暴发，路基和桥梁多半被摧毁，还有的路段风季被流沙淹没。长达500多公里的国道养护任务，仅仅靠肩挑背扛的全人力化操作来保证畅通，其艰难程度可想而知。

养路工们大都在塔克拉玛干南缘与昆仑山之间荒无人间的沙漠戈壁上执行养护任务，路害频发，气候条件恶劣。直到20世纪70年代，他们住的仍然是地窝子和红柳把子墙（将红柳编成篱笆，然后在两面抹上泥巴的墙，内地称为"篱笆墙"。）的简易房，冬不御寒，夏不避暑，"进门就是炕，家什挂墙上，墨水瓶做灯来照亮"是他们生活的真实写照。就是这样的房子他们也很少能住上。退休老养路工古尔班大叔说，那时候他们每个道班20来个人管养50公路国道，唯一的交通工具就是一辆小推车。可以住在房子里养路的只有靠近道班的8公里路。养护8公里以外的路，他们每个人就背上行李带上工具，推上小推车，拉上吃的用的，活儿干到哪晚上就睡到哪，干完一段再往前走。那时候路况差，刚修好的路几天就不行了，他们只能这样来回循环，基本上一年四季都在外面。经常十天半月吃不上蔬菜，长期吃涝坝水，有的地方要到数公里外去背水。就是在这样极其艰苦的环境里，他们以养路为业，以道班为家，在戈壁大漠默默奉献着，保障着公路的通行。

公路得到养护，道路运输业也有了相应的发展。从1952年全地区建成第一个客运站后，到1959年，民丰、于田、策勒、洛浦、墨玉、皮山都相继建成了简陋的客运站。虽然由于路况差，行路仍然极其艰难，但人们的出行毕竟逐步告别古老的畜力方式，开始向机械车辆转变。

到了20世纪60年代，和田地区的交通面貌和内部交通条件逐步得到一些改善，但大的交通环境和落后状况却依然存在。那时候已经有了一些车辆，但进出和田须沿着塔克拉玛干大沙漠绕行，从和田到乌鲁木齐直线距离不过一千多公里，可绕行就得两千多公里。开油罐车的司机从库尔勒拉一车油回和田，到了家油也被用去了半罐，回到和田，就得给汽车换钢板，焊水箱。退休干部马形锁说，1968年他回老家探亲，整整走了22天才到家，从和田到乌鲁木齐这点路就走了13天，一路苦不堪言。回到家，临走穿的一双新袜子脚底都磨成了洞，父母听了他一路的艰难和辛酸都难过得直掉泪。当初道路之简陋，交通之落后，出行之艰难由此可见一斑。

"和田一大怪，一双鞋子背起来"，是和田农民进城赶巴扎一直以来的真实写照。那时100多万人口的和田地区仅有5156辆毛驴车，绝大部分农民出行还只能依靠自己的双脚。他们进城赶巴扎，为了少磨损鞋子，就光着脚走路，把鞋子脱下来搭在肩上，等进城后再穿上，这也是他们生活贫困的一个缩影。

到20世纪七八十年代，农民们基本上都是赶着毛驴车进城，他们车上拉着草料，然后把驴车寄存在车马店里，当时和田市周围全是车马店。那时候和田地区家庭有30万户，几乎每家都有一辆毛驴车。因为车费高，农民从不坐车，出行、运输全靠毛驴车，每到逢集，几万辆毛驴车从不同方向的各条路上到和田市赶巴扎，浩浩荡荡，尘烟滚滚，蔚为壮观，成为当时的一道风景线。

在后来的年代里，国家和自治区为和田地区的交通运输事业投入了大量的财力、物力，拉直拓宽了干线公路，铺筑了沥青路面，配备了专业养护队伍，修筑了县、乡、村、镇之间的公路，彻底改变了和田地区交通运输的落后面貌。到1985年，全地区建成干、支、专线公路697公里，其中沥青路面为369公里，建成县乡道路85条，计1352.773公里，已基本形成遍及全地区的县、乡、村公路网。在国道、县乡道路建设的同时，和田地区七县一市城市道路的面貌也相应得到改变，1985年共有城市道路72条，总长94.641公里，城市道路除少数为沙砾路面外，大部分为沥青路面，人畜混乱、尘土飞扬的现象不复存在了。

交通运输工具也急剧向现代化发展，传统的畜力运输在很大程度上为机动车所代替。1985年，全地区有各种汽车2930辆，其中大型汽车2434辆，小型汽车496辆。客运量达1165.12万人次，货运量全年达80176吨。汽车运输普及全地区，每个县都有汽车队，各乡均有汽车。让和田人感到欣慰的是，他们终于告别了那条千年古道，让它成为翻过去的一段历史。

中篇：时代的丰碑

进入20世纪80年代，改革开放的春风吹遍了华夏大地，全国各个行业都在抢抓改革开放的大好机遇，乘势而上，谋求发展。党和国家对公路交通事业也给予了高度重视，及时制定了一系列正确的方针政策，为和田地区公路交通事业迅速发展提供了政策保证。在这种时代大背景下，1985年，和田地区公路交通运输管理局正式成立，七县一市成立了县（市）交通局，这标志着和田的公路交通事业全面走上正规化道路。

在这一时期，对于最偏远、最贫困的和田地区来说，公路建设却是进入了一个有史以来最快、最好的发展时期。当自治区开展农村"五好"建设的时候，和田地区抢抓机遇，把县乡道路、农村道路建设作为这个时期公路交通工作的重点，全地区公路建设突飞猛进，日新月异，走在了整个自治区的最前面。其根本的原因有两个：一个是地委、行署的高度重视，一个是和田广大农民的修路热情和奉献精神。

当时和田地委、行署把公路建设放在了各项工作的首要位置，出台了一系列文件和奖惩制度，把修路作为考察干部的主要标准。地区行署和各县主要领导亲自抓，每年地区都要专门召开一个公路建设表彰大会，对完成任务好的县、乡，一次就奖励一辆车、一台拖拉机等。

当时，除夏季农忙外，农民们冬春秋三季都在修路工地上，一个农民平均每年要修10个月的路。养征、运管等部门也全部上路，征集车辆，义务拉运（只给油钱）。修路资金是国家给一些，县上投一些，而70%都是靠农民义务工。

各县5套班子全部上阵，全地区七县一市同时展开，100多万农民，几十万辆毛驴车同时都忙碌于修路工地上，那时候到处都是人山人海，红旗飘飘。所有路基的土方量都是靠农民的毛驴车或人工拉运，有毛驴车的用车拉，没毛驴车的就人背肩扛。他们不但要垫路基，平整路基，连沙石料也是农民们筛好，再拉到平整好的路基上。人们用家里筛农作物的筛子，用筛面的筛子筛沙子，很多妇女用裙子往路上兜沙子。或许是因为吃够了没有路的苦头，和田人从来没有像现在这样对修路投入这么大的热情和吃苦精神。

为了修更多的路，他们把上级给的钱用在刀刃上，只用在非用不可的购买沥青和机械台班上，其余全部由广大农民义务投工投劳，上级给他们一公里的钱，他们却修了三公里的路。每年修的柏油路平均以300多公里的速度递增。

当时的和田地区行署专员吾甫尔·阿不都拉（后任自治区副主席，现离休）以路为中心，把全部精力都放在修路上，人称"路专员"。在他的带动下，又出现了许许多多的"路局长""路县长"。每年的11月被定为修路月，在这个月，交通局的每个干部必须义务修路一个月。人手一把铁锹，带上行李，坐上大篷车上工地，几个人挤一个帐篷，和农民同吃同住同修路。除此之外，交通局的每个干部平时每个月必须半个月下基层，从1988年至1995年，年年如此。

在修建于田县315国道—阿羌乡46公里路的时候，由于没有帐篷，阿羌乡的七八千农民都露宿在荒原戈壁上。那是八月的一天晚上，一场大风把农民们的被子衣物全刮跑了，接着又下了一场历史罕见的倾盆大雨，农民们无处躲雨，身上雨淋着，下面又是一片汪洋，暴雨形成的洪流还把刚修好的路基也冲毁了七八公里，农民们苦不堪言，但他们默默忍受，没有一句怨言。县委立即紧急动员，腾出了所有的宾馆、招待所、学校、机关等，只要能住人的地方全部腾出来给农民住，调动所有车辆把老百姓都拉到了县城，各级干部和所有城市居民纷纷捐衣捐物。住进温暖的房子，穿上衣服，吃上热饭，农民们深切感受到了党和政府的关心，许多农民都默默地流出了感激的热泪。他们在城里住了两天，天晴雨停水退后，又开始在戈壁滩上安营扎寨。他们相信，有党和政府，他们一定能修好他们自己的路。

当时，凡是来和田的国家、自治区及交通厅领导看过和田的修路情景后都说过一句话："和田的路全是和田的老百姓用毛驴车拉出来的啊！"他们都有一个共同的感受：和田的老百姓伟大啊，真应该给他们塑一个碑。而和田地委、行署也真的这么做了。为了纪念和表彰和田农民的修路精神，他们在和田市政府的街心花园竖起了一座纪念碑，纪念碑上的塑像是一个农民扛着一个坎土曼的形象，表现了和田农民为建设家园朴实、勤劳的奋斗精神。

在和田工作生活的人都知道一个名字——马义。他是原和田公路总段长。他从事公路交通事业40余年，把自己的一生都奉献给了和田交通事业。在这场史无前例的修建县乡公路高潮中，他想方设法，积极向上级争取资金，尽快尽量多铺柏油路。在修建于田县乡公路中，他带上工程技术人员亲自测量、设计，为多修一米路，为多节省一分钱，于田的每一条县乡道路上他都来回无数遍地精心勘察设计，在资金预算本来就极其紧张的情况下，他精打细算，硬是节省资金650万元，多修了近百公里路。在他和全体筑路人员的共同努力下，1990年，于田县在全地区乃至全新疆，第一个实现县乡道路通柏油路。这位"开发建设新疆奖章"获得者，直到他因积劳成疾，于1995年因病去世之前，还在为和田的交通事业拼命着。

在许多像马义这样无私奉献者和全和田人的共同努力下，到1993年，全地区七县一市86个乡镇，除了沙漠深处的安迪尔乡和克里亚两个乡外，均修通县乡道路黑油路面。1988 — 1993年的五年间，共修建县乡道路135条，1860公里，其中，沥青路面1333公里，沙石路面310公里，土路面217公里。全地区有乡村公路1300多条，总长8000多公里，乡村路基本都能通行汽车、拖拉机等机动车辆。和田大修县乡公路方面的突出成绩，受到自治区的表彰和奖励，1992年，自治区专门在和田召开了"自治区地方道路经验交流现场会"，号召全疆学习和田地区建设农村公路先进经验。

在这一时期，他们还将315国道全线贯通，1984年杜瓦煤矿专用公路改建铺筑沥青路面，1985年和布公路竣工通车。1995年和田 — 巴州沙漠公路开通，使和田与库尔勒、乌鲁木齐的距离缩短了500多公里，彻底改变了和田封闭落后的局面。

沙漠公路的成功建设可以说是我国公路史上的一个奇迹，对和田人民的生活具有划时代的意义。号称"死亡之海"的塔克拉玛干大沙漠，曾是一条死亡之路，是和田人的望断天涯之路，沙漠公路的成功跨越，是和田对时间和空间最大的超越，从此让和田人进入了崭新的生活。

和田地区交通局在继续抓好农村公路建设的同时，加大对城市道路项目建设的申请和建设力度。1997年完成了8.5公里的和田机场公路改造。1998年完成了12.6公里的和田市城区道路改扩建工程。这极大地改善了和田市的市容市貌，为吸引外资，扩大开放创造了良好的投资环境。看着和田各族群众通过宽敞平整的公路走上幸福的生活，每一位和田交通人都感到由衷的欣慰。

公路的发展同时带来了交通运输业的快速发展，和田地区客货运输生产持续增长。截至1999年底，全地区机动车辆总数达到16659辆，营业性客货运输车辆5982辆。其中大型客车480辆，16800个座位，中型客车588辆，11760座，小型客车485辆，2425座。大中型货车2230辆，17840吨，小货车385辆，1155吨。客运线路达到114条，其中跨区线路22条，区间线路7条，县乡村线路85条。全区客运站（点）84个，其中长途站1个，县站9个，乡村客运站74个。1999年度客运量达到12079039人次，与1998年相比增长了50%，货运量达到1238600吨，与1998年相比增长了35%。道路运输的发展对和田地区的经济建设和人们的社会生活发挥了极其重要的作用。

在那些难忘的岁月里，为了改变和田的交通状况，为了和田交通事业的发展，180万和田人用他们平凡的双手，筑就了和田交通事业这座不朽的丰碑。

下篇：历史的跨越

一、新的超越

2000年西部大开发的实施，让本来就已经领先的和田公路交通事业，又进入一个前所未有的飞速发展历史时期。

国家重大建设项目的实施，国道省道和专用公路的全面改造，公路

质量等级的大幅度提高，农村公路的全面建设，通行能力全面增强，让和田地区落后的交通和落后的生产力这对孪生兄弟彻底摆脱了几千年的苦难深渊，走上了幸福的康庄大道。

2001年，备受瞩目并被称为"幸福路"的国道315线沿线改建工程开始实施，策勒—洛浦路网改造项目工程，于田县过境公路改建工程，均于2002年底竣工并交付使用；和—墨—洛段公路改建工程也于2003年10月竣工并交付使用。

2003年起，自治区交通厅、和田地区交通局开始对国道315线和田境内的其他路段实施改造：和田最西的皮山县改造项目和东面的策勒—于田段改造项目，2004年完工并交付使用；2004年，对省道216线和—布公路，国道315线—杜瓦煤矿专用公路进行改造；对国道315线和—墨—洛段公路改造57公里；2005年6月和田—阿拉尔第二条沙漠公路开工建设，总投资7.97亿元，和田境内303公里。该项目于2006年11月建成通车后，和田与阿克苏成为一条直线，极大地缩短了与阿克苏以及北疆伊犁、奎屯、塔城、阿勒泰、克拉玛依等地的距离。这对阿克苏与和田地区间经济发展起到极大的促进作用，大大改变了和田地区落后的经济状况。和田—巴州，和田—阿拉尔，两条沙漠公路的开通，无疑给和田的经济腾飞插上了一双金色的翅膀。

在这21世纪公路大发展时期，和田地区的农村公路建设更是进入了一个前所未有的黄金时期，特别是2003年以来，国家交通部、自治区交通厅加大农村建设力度，和田农村公路得到了突飞猛进的发展。"十五""十一五"期间是和田地区农村公路投资最大、建设规模最大、发展最快时期。2000—2008年，农村公路投资达11.35亿元，建设规模达4638.3公里。

举世闻名的和田县"千里葡萄长廊"柏油路面也是这一时期建成的。为改变恶劣的生态环境和充分利用土地，和田县从20世纪60年代就开始在路边修建葡萄长廊，经过几十年的辛勤劳作，如今已建成了村村贯通，遮天蔽日的千里葡萄长廊1500余里。1990年7月江泽民总书记考察新疆时，专程察看了和田县农村道路葡萄长廊，走过一道道葡萄长廊时，不断称赞这是"奇迹、奇迹"。他赞叹道："在西北边陲塔克拉玛干大沙漠边缘，能看到如此壮观的葡萄长廊，真是大开眼界。"他兴致勃勃地挥毫书写了"天下奇观"四个大字。

葡萄长廊其实就是连接几个乡和几十个村的农村公路。最初，农民们一方面为了防风沙，同时为了有效利用土地，增加效益，就在自己的地头沿公路搭架，栽种葡萄，后来就变成了有意识、有组织的集体行动。过去的葡萄长廊都是土路，现在柏油路修通后，也成为农村公路的一部分。据测算，40米的葡萄长廊相当于1亩标准化葡萄园，和田县域内葡萄长廊年产葡萄可达700吨，年产值可达140万元以上，不仅为农民增加了收入，同时改善和保护了生态环境。如今的葡萄长廊不仅是农民通行的农村公路，而且已成为戈壁绿洲的一大自然景观，每年都吸引了大批国内外游客来此参观游览。

"十五"和"十一五"期间，自治区交通厅对和田境内国、省道投资达18亿元左右。60年里，和田公路交通事业从无到有，从少到多，蒸蒸日上，发生了翻天覆地的变化。公路建设的发展，带动了交通运输业的蓬勃发展和营运车辆的快速增长。从1950年和田地区有了第一辆汽车，到1961年的96辆，又到2008年的27341辆；客货运输车辆从1985年的2434辆增加到2008年的8737辆。

过去道路运输都是由国有企业和田地区一、七运输公司经营，目前，道路客货运输实行民营化后得到飞速发展。全地区营业性道路运输业户达6695户，其中道路旅客运输业1399户，道路货物运输业4845户，汽车维修业337户，道路客运服务业76户，道路货运服务业38户。公路交通从业人员从1985年的6000多人发展到2008年的18514人，增加了近3倍。2008年全地区客运售票收入高达2个多亿，8000多车次，1400多万客流量，相当于每个和田人坐了4次车。客运班线激增至197条，其中跨省班线一条（和田—兰州）、跨区27条、区间48条、县乡公路121条，客运车辆直通全疆各地，基本满足全区各族旅客的乘车需求。昔日的毛驴车已不多见了，取而代之的是各种先进、快捷的交通运输工具。

与此同时，为了加强客运管理，改善旅客候车条件，国家不断加强对客运站点的投资建设，各站点从过去简陋得像车马店式的落后状况，发展到了目前拥有一、二级客运站各1个、三级客运站6个、四级客运站14个，各乡镇基本上都建有客运站，满足了和田各族群众的需要。

截至2008年底，全地区公路总里程已达到15672.9公里，其中：国道930公里，省道182公里，专用道路145.9公里，农村公路14415公里。全地区86个乡镇除于田县达里雅博依乡因人烟稀少、地处塔克拉玛干大沙漠腹地等自然因素影响还没有通公路外，其他乡镇、农牧团场均已修通了沥青路面，农村道路乡镇通达率98.8%，全地区行政村总数1371个，通公路的行政村1026个，通达率75%，全地区目前已基本形成了“乡乡通油路、村村通汽车”四通八达的公路网络。

二、农民的致富路

农村公路建设的飞速发展为和田广大农村插上了经济腾飞的翅膀。

"要想富，先修路"。对于地处偏远落后的和田地区的广大农民而言具有更深刻的体会。便捷的交通、物流、信息流，彻底改变了广大农民的思想观念和生活方式。公路修到哪里，就把社会的文明带到哪里，就把农民的幸福生活带到哪里。

农村公路建设极大地促进了农业产业结构调整，直接带动了全地区农业、林果、旅游业的兴起，为农牧民脱贫致富注入了新的活力，提供了更为广泛的机遇，让一大部分农民首先走上了致富路。

民丰县帕提夏依木17公里农村公路未修通前，帕提夏依木村农牧民人均收入不到1500元。虽然当地有大玛扎旅游资源和香甜可口的甜瓜，但公路不通，发挥不了资源优势。农村公路修通后，当地农牧民靠种植甜瓜、棉花、发展旅游业，人均收入增加到7000元，每年到帕提夏依村旅游的游客达5万人次。

安迪尔乡牙通古斯村地处沙漠腹地，自然条件恶劣，沙尘暴天气一年多达200多天。在公路未开通前，农业发展严重受阻，生产、生活条件极其落后，人均纯收入仅2000元左右，交通出行极为不便，乘坐班车到县城要八九个小时的时间；农副产品，特别是安迪河品牌甜瓜调运外销十分困难，成为制约安迪尔乡农民脱贫致富的一个重要原因。该公路2005年修通后，农民人均收入上升到2008年的9468元，成为和田地区人均收入增长最快的乡村。

皮亚勒玛乡是闻名全国的"皮亚曼"牌石榴主产区，由于原来道路难行，石榴不能及时运出来，给农民造成了很大的经济损失。2004年连接皮亚勒玛至315国道41公里等级公路建成后，大量的优质石榴运输顺畅，"皮亚曼"石榴走向四面八方。该乡人均收入2005年达到2000元，2008年达到8513元，仅石榴一项所占的比重就达到了70%以上。

　　于田县奥依托格拉克乡离县城有30公里，当地政府为增加农民收入，大力发展特色种植业。该乡土地肥沃，主要依靠种植温室大棚和红柳大芸基地而美名远扬。过去农民种植的大棚蔬菜成熟了，可全是泥巴路，车辆进得来可拉上重物就出不去，严重影响了蔬菜销售，只能眼睁睁地看着蔬菜烂到地里。如今该乡道路条条相通，全是柏油路面，万亩大芸基地不仅成为该乡的支柱产业，而且成为于田县特色种植点，道路的畅通让很多人看到了商机，许多中小企业如大芸深加工厂、玫瑰花精油厂等都在这里安家、落户。

　　农村公路的畅通让广大农民彻底改变了思想观念和生活方式，就连最偏远的乡村也不例外。和田地区策勒县、于田县山区，过去不通公路，现如今，通达公路修通了，农牧民的思想发生了翻天覆地的变化，最典型的是策勒县乌鲁克沙伊乡乌龙村。过去无路可走，农牧民过着与世隔绝的生活，很多人一辈子出不了一趟村，现如今路修通了，农牧民坐上车，到乡里、到县上，看到外面的繁华和从来没有见过的东西，思想观念、文化观念发生了巨大的变化，打破了过去满足于一日三餐，安于现状的观念，农牧民知道挣钱致富了，许多农民都走上了致富道路。

　　社会主义新农村建设实施和农村公路建成后，农民走在平坦大道上，住进了宽敞明亮的房子，他们幸福的喜悦之情溢于言表。洛浦县恰尔巴克乡沙依村农民吐逊·托克得深情地说："没有党和政府，靠我们农民自己永远都修不了这样的路。我们农民有什么困难，我们想的问题，政府好像早就知道了，马上给我们全解决了。税也没有了，路也修通了。没有路什么也干不成，路一变什么都变了。"接着他又说："新农村建设让我们住上了好房子，过去谁家的房子都知道，就是现在这个房子嘛都是一模一样，经常晚上走错房子，连自己的家也不知道了。"他的话引起了大家一片笑声，他自己也憨厚地笑了。相信他们今后的生活一定会越来越好，越来越幸福。

2007年，和田在全地区各县的各个乡镇农村，全面推行了一元一票制的农村客运公交化运营机制，这成为和田交通的一大特色。农民们像城里人一样，在自己的家门口就能坐上公交车，一元钱就能到乡里和县城。和田地区交通局党委书记雷凤琪说："实行农村公路公交化的目的就是本着以人为本的思想，最大限度地解决低收入农民的出行困难和出行成本问题。和田农民大都没有摆脱贫困，只有把出行成本降到比毛驴车还低，他们才愿意坐车。通过三年来的运营，效果很好。"最早实行农村客运公交化的墨玉县交通局穆合塔尔·麦麦提明局长说，他们是2006年从墨玉至扎瓦乡线路开始试行的，沿线有5个乡镇10余万人。通过试运营，效果非常好，这成为一项深受农民欢迎的民心工程。过去农民坐车到县城要3—5元，对于低收入的大众群体还是承受不起。过去是车多人少，价钱高也不挣钱，现在是车少人多，价钱低也挣钱，农民和运营户都高兴，同时有效地缓解了混杂交通的状况。2007年他们又开通了针对其他乡、村的6条线路。与此同时，全地区的各县市在同一时间都实行了农村客运公交化管理。穷则思变的和田人，他们总是走在时代的前面。

六十年的沧桑岁月，六十年的风雨人生。从没有路到有路，这个路的功能已不是简单意义或传统意义上的路，那是一条条希望之路，幸福之路，那是超越时间空间的世纪之路。

历史已离我们远去，新世纪在向我们呼唤。在那些被现代化公路覆盖的千年古道上，有更多的奇迹在等着和田交通人去创造。